Si te Cuento

antología

Si te cuento / Luisa María Ahumada ... [et al.].
- 1a ed. - Luján : Luisina Fernanda
Ruiz Rossi, 2024.
150 p. ; 20 x 14 cm.

ISBN 978-631-00-2477-6

1. Antología de Cuentos. I. Ahumada, Luisa
María.
CDD A863.9283

Edición: Fernanda Ruiz
Corrección y maquetación: Abel Viotti
Imagen de portada: ...

Si te cuento – 1a ed. – Editorial Rubin, 2023.
Antología de cuentos cortos.

San Luis, Argentina, 2023
ISBN: 978-631-00-2477-6

Si te cuento

Editorial Rubin

Bosque

Lisandro Miguel Ahumada

Me he atrevido a abrazarte,

    a pisar tu cuerpo

vaporoso y ardido.

Somos la ternura de la lluvia

en el humo que suda la tierra

    opaca y oscura.

Escalera

Lisandro Miguel Ahumada

Soñé a la gloria suprema

    desafiando un límite,

    provocando mi intuición.

Unas palabras esquivas

    derramadas

    desde el firmamento.

Voy a peregrinar en los vaivenes

    seductores de la esperanza.

Y la distancia a lo desconocido

    es un desafío de los ángeles.

11

Sin título

Lisandro Miguel Ahumada

Tus manos me han robado el frío.

Han devuelto el arroyo a la montaña.

13

Sin título 1

Lisandro Miguel Ahumada

La suerte

son las lágrimas de Dios

en la sequía.

15

Sin título 2

Lisandro Miguel Ahumada

Soy el mate de fierro

en la llanura

que nunca termina.

17

Pampa

Lisandro Miguel Ahumada

Conocí el oro

en la abundancia de un tambo.

Sin título 3

Lisandro Miguel Ahumada

Te concedo

la soledad del equilibrio,

la última audacia

de una anónima pisada.

Venus

Lisandro Miguel Ahumada

Dejaré el anaranjado del ladrillo

en los besos que resisten

los pregones del lucero,

a la tarde,

cuando las intimidades

misteriosas

del monte huelan a leña encendida.

23

Sin título 4

Lisandro Miguel Ahumada

Un bote inquieto

asalta la noche

y regocija el verano.

25

Rota

Luisa María Ahumada

Me rompiste
y quedé desorientada.
Con mis pedazos
sin saber hacia dónde ir.
El norte es una cascada
por donde fluyen desconcertadas
las respuestas inconclusas.
Y el sur enfría las decisiones
con las preguntas reiteradas.
El sol se esconde por el este
y amanece en el oeste.
Me rompiste.
Quedé averiada,
con cicatrices que justifiquen
un horizonte.

Oasis

Luisa María Ahumada

En ese desierto

de tus ojos

aguardo sediento.

El deseo

Luisa María Ahumada

El deseo tiene una forma
que la razón la desfigura
a su antojo con frases bobas.

Deseamos mal.

Nos creemos incapaces,
cuando la desgracia está
en la forma de desear.

Deseamos mal.

Si el continente
no tiene contenido.
Si el deseo
no es deseo,
sino una forma
incorrecta
de ser nombrado.

Deseamos mal.

Y en la dificultad
hay un elogio
para callar
y dejarlo hablar.

Palabras mudas de un amor

Luisa María Ahumada

Estoy buscando las palabras

en el silencio de tu cara.

Voy a encontrarlas para mí

aunque seas vos quien las merezca,

porque entre mi emoción y la tuya

tenderemos un puente de miradas.

Vamos a sonreír y reír a carcajadas.

Nadie podrá entendernos

y eso es lo que seremos.

Nosotros tenemos un secreto

encriptado en el idioma del amor.

Permiso para fallar

Luisa María Ahumada

Permiso para fallar.
No son de palo los de afuera
ni cada uno en su cuadrado.
Hincan las mentiras
que son para calmar
una soledad definitiva.
El grito desatando el miedo.
Un trueno.
Las lágrimas fuera de lugar.
Una lluvia.
Tiempo espeso a pesar de eso.
La tormenta.
Quién detendrá la inundación,
de quién es el perdón.
Permiso para fallar
sin sentencia, en libertad
para aprender a volar.

La vuelta de los colores

María Elena Beltrán

Teléfono I

Escuché golpes en la puerta. Abrí, era la vecina de al lado que me avisaba de un llamado para mí por el teléfono de su casa; en la mía no había.

Inquieta, apuré los pasos, tomé el aparato y escuché la voz de Tita, la hermana de mi marido.

—Mariel, ¿conocés a alguien que se llame Hugo y que viva en el sur? —fue la pregunta cortante de la voz familiar al otro lado de la línea.

—¡No! En absoluto… —contesté, ya tensa y con los latidos del corazón acelerados.

—Agarrá pañales, mamadera y al nene… ¡Andate ya!

—¿Pero a dónde?

—Andá al negocio de mi hermano Oscar. Yo también voy para allá —dijo sin dejar margen para la duda.

Caminé jadeando los pocos metros que separaban el departamento de la vecina del mío, donde había dejado en su cuna a Francisco. Él me esperaba confiado, sonriente. Como una autómata cumplí la orden y salí al destino acordado. No puse ningún cuidado a mi propia vestimenta: un pantalón cualquiera, una camisa, el pelo negro lacio y largo caía sobre mi espalda. Llené un bolso grande con unas pocas cosas, las que necesitaba el bebé. Era verano y la noche estaba tibia, todavía había gente regresando a sus hogares y otra que iba al cine. El colectivo llegó pronto, eso me tranquilizó.

Llegué al kiosco de Oscar, mi cuñado, a las nueve de la noche. Pude explicar lo poco que había entendido y en silencio me senté a esperar. Miraba fijamente la brillante bandeja de golosinas, la vereda aún trajinada por noctámbulos, la avenida ancha, sin prestar atención a nada más que a ese espacio iluminado mientras acunaba a Francisco, que no parecía advertir lo extraño de la situación y se quedó dormido. Mientras tanto entraban y salían clientes, llevándose sus cigarrillos o chocolates, ajenos al drama que se avecinaba. Oscar hacía su trabajo en silencio, de tanto en tanto miraba de costado a sus inesperados visitantes.

Daniel, mi esposo, había retomado sus estudios universitarios y se había instalado en un bar, como era su costumbre, a estudiar todo el día para el próximo examen. No tenía manera de avisarle las novedades.

Yo seguía sentada, paralizada en mi universo, mirando hacia afuera, aunque lo que imaginaba fuese otra cosa: las puertas de nuestro departamento en Villa Urquiza destrozadas por las patadas, los libros tirados, los vecinos aterrados adentro de sus casas, Dany llegando a ese caos donde no estábamos Fran y yo; y a él lo esperarían para llevárselo quién sabe a dónde y cómo. Dice Oscar que yo repetía «no voy a verlo más, no voy a verlo más». Pero mi memoria sólo recuerda terror. Sólo mi pecho, que era la cuna de Francisco, estaba intacto. Lo miraba y acariciaba su cara, su calorcito me hacía sentir bien. Ahí terminaba el mundo.

Como había anunciado, llegó mi cuñada, Tita, sin dar demasiadas explicaciones y con ademanes torpes que pretendían simular tranquilidad. Enseguida tomamos la decisión, por cercanía geográfica y afectiva: ir la casa de Eduardo, el mejor amigo de Dany.

Hicimos el corto viaje en silencio. Cuando llegamos a la casa, Eduardo nos recibió con una triste sonrisa y dijo:

—No han venido al lugar más seguro... Me están amenazando por teléfono.

Él era peronista, también había militado y era un reconocido artista.

—Esta mañana vino al barrio un hombre preguntando a una vecina si era cierto que vos y Daniel vivían en la casa de nuestros padres. Pedían datos concretos. Esta señora percibió algo raro y nos avisó —nos dijo Tita.

—¡Qué buena esa vecina! —respondí.

—Y más tarde llamó ese tipo preguntando por vos, Mariel, con un domicilio anterior, queriendo actualizarlo para darte una carta —concluyó.

Yo me quedé pensando en esos datos. No tenía dudas, no conocía a nadie con ese nombre ni de ese origen; hacía años que había dejado la casa a la que se refería el desconocido que había llamado. En la coctelera en que se habían convertido mis pensamientos, volvía una y otra vez a las preguntas sin respuesta: «¿Por qué me buscan a mí? ¿Cómo sabían que alguna vez yo había vivido allí? ¿Figuraba en la agenda de alguien que hubieran detenido?».

Eran episodios que se repetían esos días y nosotros conocíamos a mucha gente comprometida políticamente. Incluso Daniel, en su paso por la carrera de Derecho, había militado en una agrupación de izquierda en la facultad. Yo acompañaba esa actividad. Era un tiempo en que un altísimo porcentaje de jóvenes se involucraron en política. Se participaba en recitales, asambleas multitudinarias, manifestaciones. La efervescencia nos hacía pensar con todo el ímpetu juvenil que era posible cambiar el mundo por otro más justo.

El piso parecía resquebrajarse. Eran días en que se esperaba el golpe inminente de los militares. Estaban pasando cosas terribles: se llevaban jóvenes por estar sus nombres en alguna agenda de militantes o a sus familiares, huían del país muchas personas que habían tenido alguna participación política y muchos combatientes escapaban de la persecución. La escena que imaginaba no era una alucinación. Habíamos visto varias veces en nuestro edificio que se llevaban gente. La triple AAA ya era conocida por sus amenazas o acciones concretas. Los Ford Falcon verdes por las calles aterrorizaban con sus armas a la vista. La violencia circulaba.

—Puedo llamar a un vecino de nuestra casa de Villa Urquiza —le dije a Tita.

—¿Te parece? —dudó.

Se trataba de un hombre mayor, solo, que tenía buena onda con nosotros, aunque la relación era mínima. Yo, que no podía dejar de pensar en ese momento en que Daniel llegara a nuestro departamento, imaginé que esa podría ser una solución.

A mi alrededor, Eduardo, su esposa Liliana y Tita estaban atentos por si me equivocaba. Los bebés, el que vivía en esa casa y mi hijo, ya dormían.

Me temblaba la mano que sostenía el aparato hasta que logré comunicarme. Casi tartamudeando y sin ninguna seguridad de dar un mensaje claro, pude balbucear al vecino que, si veía a mi marido, le dijera que fuera a lo de su hermano, por un problema familiar. No fui capaz de inventar otra excusa más creíble, ya que podía comprometer a mis amigos y para mí era muy fuerte la hipótesis de una emboscada.

Pensamos en alternativas de salida, datos de amigos en México, embajadas conocidas. Nada que fuera posible, no teníamos pertenencia a ninguna organización que nos diera respaldo.

—¿Escucharon el timbre? —preguntó Eduardo.

—No —dijimos nosotras al unísono.

Nuestro amigo Eduardo alteró su andar cansino habitual,

apuró los pasos con una mezcla de dudas y esperanza. Abrió la puerta, apareció Daniel, sorprendido y alerta. Lo recibimos con tremendo alivio y la tranquilidad relativa de sabernos juntos.

En pocos minutos le contamos todo lo que había sucedido ese día. A los apurones resolvimos cuáles podían ser algunas rutas de seguridad, y nos pusimos en acción.

Daniel y Tita salieron en la noche amenazante en busca de ayuda. Mi hijo y yo nos quedamos bajo el asilo amoroso de estos buenos amigos. Hacía poco que habían armado ese espacio laboral que no conocía. Entre lápices, papeles y tableros, en el estudio de trabajo de Eduardo pusieron un colchón en la alfombra... Aún abrazada a mi hijo, conecté con mi terror, temblaba. Tenía la sensación de que el cuerpo no estaba apoyado en el piso, me percibía suspendida en el aire, sentía que daba vueltas, volvía a recordar el día. No podía entender cómo de pronto la vida había cambiado así y nos había puesto en este remolino siniestro e incierto. Esperé que el sueño llegara y el amanecer diera señales. La vida y la muerte acechando a oscuras en ese marzo que afuera era cálido aunque yo sintiera tanto frío.

Por la mañana, mi marido vino a buscarnos, nos despedimos de los amigos y fuimos rumbo a la casa del novio de Tita. Tenía una propuesta que pareció correcta, ir a ver a un conocido de él con un cargo en la Policía provincial. Desde allí salieron los tres, Dany, Tita y su novio, en busca de una palabra autorizada para conocer las causas de la insólita e inquietante persecución del día anterior.

Un día más de tensión, encerrada con mi hijo, con las persianas bajas. Una medida tan extrema como inútil. Me mantuve ocupada en las rutinas de preparar mamaderas, de lavar los pañales de gasa y en tratar de sonreír y jugar con Francisco mientras esperaba, contando los minutos, el retorno de Dany y Tita con buenas noticias. Que eran malas.

Los había recibido el jefe departamental de la bonaerense,

amigo del novio de mi cuñada. Él advirtió sobre el caos de los movimientos de todas las fuerzas militares dedicadas a la caza de subversivos, y la dificultad para averiguar las razones del episodio. Con desconfianza, alertó que se avecinaban días turbulentos. Como conclusión, aconsejó a mi marido: «Si ustedes no están en nada, pueden volver a su departamento y hacer su vida habitual, pero si tienen algo que ver con los guerrilleros, voy a ir yo a buscarlos». Muchos años más tarde, supimos que ese jefe policial había sido el principal responsable de un centro clandestino de detención y torturas.

Aturdidos y con mucho miedo, dimos mil vueltas al asunto, con familiares y amigos; las opiniones eran diversas, pero nadie podía sentir el miedo que teníamos y la paranoia de estar acosados sin saber por quién. Tampoco era posible pensar en la carga de preocupación que dejábamos en nuestra familia. Con muchas dudas, optamos por irnos a Concordia, una ciudad de la provincia de Entre Ríos, a la casa de mis padres.

Otra vez, Eduardo fue el arriesgado e incondicional amigo que acompañó la búsqueda de una valija con ropa y la sillita de paseo del bebé a nuestro departamento en Villa Urquiza, que estaba igual que lo había dejado. Luego, nos llevó a tomar el colectivo. Sin saber por cuánto tiempo ni de qué manera transcurrirían nuestros próximos días, se fueron consumiendo los kilómetros que nos conducían a un destino provisorio. Yo iba mirando por la ventanilla del micro, las lágrimas caían por mis mejillas mientras quedaba atrás la ciudad enorme. Nuestras manos apretadas eran la fuerza que nos sostenía en medio de una incertidumbre infinita.

Teléfono II

Para sorpresa de mis padres, llegamos un domingo a la casa: Dany, Francisco y yo, la valija y la sillita de paseo. Con algo de vergüenza y mucha tristeza, explicamos el motivo de nuestra presencia allí. En Concordia, donde ellos vivían desde hacía poco tiempo, en esa casa donde nos recibieron sin preguntas, nos instalamos hasta ver cómo seguiría esta situación inesperada.

Y siguió. Otra vez el timbre de un teléfono anunció un llamado desde Buenos Aires y volví a escuchar a Tita como si esa situación fuera un karma:

—Mariel, ¿conocés a Jorge?

—No, ¿por?

—Volvió a llamar otro tipo, preguntando por vos, que quería alcanzarte una carta y necesitaba tu dirección.

—¿Y qué le dijiste? ¿Qué pasó después? —quise saber, asustada.

—Me hice pasar por vos, le ofrecí que leyera la supuesta carta y se negó.

Al despertar a la mañana, cuando Francisco aún dormía, no pude evitar el llanto, la angustia. No sabíamos qué iba a pasar. La incertidumbre y la espera porque todo podía calmarse o empeorar eran muy dolorosas.

Cada vez que sonaba el teléfono, el sobresalto era inevitable.

El 24 de marzo de 1976, los militares tomaron el poder que ejercerían atravesando su larga y dolorosa historia de horror. Leíamos los diarios buscando nombres de conocidos que pudieran haber sido víctimas, muertes, exilios, desapariciones, y los encontrábamos, lamentablemente. Temíamos por la vida de amigos, amigas. El tiempo mostraría las aberraciones cometidas por la dictadura.

En ese escenario, era imperioso quedarse allí, en la casa de mis padres, sin despertar sospechas en los parientes: por la radio instaban a delatar a personas que hubieran llegado recientemente a la ciudad. Apelamos a la excusa de mis problemas de salud, que estaba muy delgada y anémica, mi expresión de tristeza y abatimiento podían hacer verosímiles esos argumentos.

Francisco gateaba por la calle sin gente ni autos para alcanzar a su papá, sonreía y jugaba mucho, pero fue evidente que acusaba recibo de esos aciagos días que se manifestaron en dificultades respiratorias. Cumplió su primer añito en la casa de sus abuelos, mientras algo empezaba a cambiar en mí.

Mamá fue la primera en intuir mi incipiente embarazo, una alegría en medio de esa penumbra. Aún sentía el suelo como arena movediza, la sombra del miedo no se extinguía, porque las noticias de todo el país eran desoladoras. Ante situaciones nuevas, aparecían los fantasmas de haber complicado peligrosamente la integridad de mis padres. Convivíamos con el cotidiano esfuerzo de superar la nostalgia de nuestras vidas alteradas cuando empezábamos a vislumbrar un futuro adulto. Al mismo tiempo, la urgencia ineludible y el amor activaban la crianza de esas criaturas hermosas que crecían.

El paso de los días se convirtió en meses: vivíamos en un mundo nublado, en la extrañeza de cómo había sucedido este cambio no deseado, de caminar por esas calles ajenas y preguntarse «¿qué estoy haciendo aquí?». Yo sentía que caminaba por el borde de un abismo.

Hasta que el nacimiento de Grisel, en el verano, abrió nuevas expectativas. Fue luz para nosotros. Lo cotidiano obligaba a establecer relaciones con el entorno. En algún momento, tuvimos la necesidad de llamar a un médico, o de ir a la modista a reformar ropas para mi hijo, pasear por la plaza, conocer vecinas, a integrarnos a la comunidad en la que vivíamos allí en ese lugar de Entre Ríos.

Hace poco descubrí que cuando recuerdo esos momentos de 1976, no puedo identificar colores, ni distinguir el día de las noches; fue como vivir en un eterno eclipse de sol. En cambio, sí aparecieron nítidos el pantalón jardinero que Francisco usaba para gatear por la plaza, claro con manchitas rojas; y el vestido azul con volados y una manzanita en el pecho roja con lunares blancos, el primero que usó Grisel. De a poco, la vida fue recuperando sus colores. Nunca se quebró el amor, y la ternura superaba los enojos y la tristeza.

Mis días estaban dedicados a las tareas domésticas, aunque buscaba volver a ejercer mi profesión. Había logrado, a duras penas, terminar mi tesis que aseguraba el título universitario. Gracias a la recomendación de un compañero de trabajo de mi padre, Daniel, un porteño desconocido, consiguió trabajo en la Municipalidad, cuyo intendente era un coronel. Empeñado en sostener la economía familiar, consiguió dos trabajos más. Retomó su amor de siempre: la práctica del fútbol, y cada tanto rendía una materia de la facultad. Era el motor, la locomotora que llevaba ese tren adelante. Lograr cierta independencia nos hizo imaginar cómo sería quedarse a vivir en esa ciudad que tenía otro ritmo.

Una vida renovada, que posibilitó encuentros con nuevos amigos que siguen siéndolo, con quienes aprendimos a ser padres, madres, familias, acompañándonos en el calor del afecto, disfrutando tardes de río con los pequeños, sus risas llenando el aire veraniego, comidas compartidas y algunos proyectos. Habían vuelto los colores. Se iban llenando los vacíos que, sin embargo, seguían interfiriendo en el ánimo. Pasamos tres mudanzas en tres años: habíamos encontrado una casita con patio y un arroyo en el fondo que nos parecía una maravilla. Aun así, eran recurrentes las charlas sobre la posibilidad de volver a Buenos Aires, conseguir algún trabajo; no terminábamos de sentirnos bien en esa ciudad.

Telefono III

Se hacían visitas a la casa nueva de los abuelos: mi padre, Alberto, hacía los asaditos y mi madre, Aurelia, los tradicionales postrecitos de maicena que abastecían a propios y ajenos. En eso estábamos un mediodía de domingo soleado de marzo de

1979, sin Dany, que había viajado a Buenos Aires a rendir una materia en la facultad. Hasta que un teléfono sonó otra vez y alguien nos golpeaba la puerta para darnos un aviso.

El vecino del abuelo Alberto fue quien me convocó a atender la llamada de larga distancia. Hacía días que la ciudad estaba incomunicada por un fuerte temporal. Ahora era la voz de Daniel la que transmitía entusiasmo y decisión.

—Hace días que quería comunicarme, te mandé cartas, pero el correo no funciona bien y esa compañía de teléfonos sueca de Entre Ríos siempre entra en colisión con la del resto del país, no había manera de poder hablar con vos —me dijo.

—¿Por qué tanta urgencia? —quise saber.

—Estaba desesperado por contarte que ya dejé la seña para una casita que está a buen precio y tiene teléfono —me confesó casi sin respirar.

—¿Y eso? ¿Cómo fue? —interrumpí.

—Mis hermanos me cedieron la parte de la herencia de mis viejos y nos alcanza para comprar algo. No será el palacio de Versalles, pero está bien. Te contaba esto en una carta con un plano aproximado de la casa. Además, Tita te inscribió para trabajar en una escuela, dentro de tres días podrías empezar en el gabinete de psicología.

—¿En serio?

—Si te parece, te espero con los chicos.

—Pero… ¿ya? ¿Y la casa de acá?

—Tranquila —me dijo —. La mudanza se hará después. ¡Todo va a salir bien!

En ese momento, el llamado tenía un objetivo diferente, proponer y acordar una nueva vuelta radical, profunda, definitiva, en nuestras vidas que nos traería al gran Buenos Aires, el barrio donde nació y se crio Dany, íbamos a estar cerca de sus hermanos. Esa tarde se conversaron los pasos a seguir.

A los dos días cargué otra vez la valija, preparé ropa adecuada, mi pelo seguía siendo largo y negro, aunque ahora llevaba de mi mano a un niño y una niña. Las lágrimas esta vez eran de agradecimiento a mis padres y a mis amigos muy queridos, también llevaba ansiedad y un temor diferente en mi viaje de regreso.

Había que volver a acomodar las piezas de este rompecabezas. Nos alentó la necesidad de vivir, de encontrar un rumbo para brindar y asegurar a Francisco y Grisel un crecimiento seguro, contenido. Junto con los muebles en la mudanza, llegaron mis plantitas y un rosal que me regaló mi padre.

Otra vez los argumentos sobre la partida y la vuelta tuvieron que ser disimulados. Aún seguían las temibles persecuciones y desapariciones de personas, por lo que la sombra de aquellos llamados mantenía su potencia. El cuidado en ocultar o disimular aquella época, el final del gobierno de Isabel Perón, los horrores cometidos durante la sangrienta dictadura militar y la Guerra de Malvinas, fue sostenido por muchos años. Aún en la recuperación de la democracia, evitábamos hablar de lo que habíamos vivido.

Nos reencontramos con amigos que también habían podido sobrevivir y nos contaron que veían los dibujos de nuestro amigo dibujante Eduardo en un diario, donde estaban nuestros nombres y confirmaron que seguíamos con vida. A tal punto llegaban los secretos y las maneras de conocer el destino de compañeros. Al escribir estas líneas, yo sigo teniendo cierto temor o pudor de nombrar hechos que son realidades bien explícitas.

Evocar ese tiempo doloroso sacude hoy mi cuerpo como seguramente ocurrió entonces: ese túnel de oscuridad que parecía sin salida generaba una sensación de intemperie, de desamparo. Todo esto estuvo en algún lugar dentro de mí a lo largo de tantos años.

Las vivencias quizás hayan sido reemplazadas por relatos coherentes, elaborados, que permitieron entender aquellas situaciones concretas; sin embargo, los sentimientos han vuelto a aparecer transformados en sueños, en pesadillas que se expresan como lamentos y sólo la mano de Dany en mi espalda pueden calmar, como ver florecer las rosas rojas del rosal que me regaló mi papá, que aparecen con su perfume de tanto en tanto.

Por estos días, cada vez que suena el teléfono, Dany y yo respondemos con cierto fastidio, esperando que nos propongan participar en una encuesta, o vendernos un nuevo plan de teléfonos móviles.

La mecedora

María Elena Beltrán

Hubo un día, hace tiempo en que, como si saliera de un misterioso baúl, un sonido apareció sutilmente: *Cric...Crac...Cric... Crac...*

Hizo que se escuche con claridad.

Era el sonido inconfundible de la silla que, con su sostén y en sus brazos, atesora recuerdos de voces y cuerpos: ¡la entrañable mecedora de la abuela!

Se cuenta que José, un carpintero joven y trabajador que heredó de su padre tan noble oficio, había crecido escuchando los cuentos y canciones que su abuela española le contaba, sentada en una silla mecedora que parecía haber sido parte de su cuerpo.

En un rincón de la sala en la casa familiar, al lado de la ventana, a la luz del día, la abuela hacía un descanso de sus trajines cotidianos. En los atardeceres, anticipando el sueño, sus ojos se llenaban de lluvia. En esa atmósfera se desplegaban imágenes de su país natal, de las historias familiares, de leyendas y creencias populares; a veces tristes, muchas veces animando a bailar y cantar.

Pasaron los años. Esa indómita gallega ya no dejaba su estela con el ruido de sus zapatos, y la silla contadora de historias ya no estaba en su rincón. José, ya un hombrecito que tenía en sus manos hábiles la posibilidad de dar forma a la madera emprendió la tarea de diseñar y armar esta mecedora que hoy se reencuentra aquí en silencio. ¿En silencio? ¡No!

Cric...Crac...Cric...Crac...

Ya no es la misma que acunó la infancia de José, pero durante años, en otro lugar de otra casa, ha sido testigo mudo en un mundo de penas, enojos, pesares, emociones encontradas, miedos y alegrías.

Sirvió para que Sonia, la psicóloga, pudiera escuchar, acompañándose con ese sonido, lo que tanta gente necesitaba contar, para encontrar llaves que trajeran alivio y posibles horizontes a sus vidas.

Cric...Crac...Cric...Crac...

Ahora ella y la silla esperan el momento de repetir aquella bellísima tarea de contar cuentos, mecer y cantar de una abuela a sus nietos, acompañando el vuelo al soñar, y la imaginación de esos niños confiados en el amor que ronda por este rincón.

Cric...Crac...Cric...Crac...

Hasta la próxima historia.

Alrededor de una foto antigua

María Elena Beltrán

«Y entonces ¿quién sabe? Quizá cuiden de
nosotros ciertos recuerdos, como ángeles».
Marguerite Yourcenar

Era una tarde de domingo, gris, hacía frío. Estaban en el living
de la casa. Sin que mediara otra conversación, dijo:

—Este es mi papá y esa nena soy yo. —Doña Noelia mostró
a sus nietos una foto en blanco y negro, algo envejecida, que
había sido tomada por un fotógrafo de esos que había en las pla-
zas—. Estamos en un barco de pasajeros que iba desde la ciudad
de Buenos Aires hasta Santa Fe.

Cada vez que cuenta estas historias, Noelia piensa «Me deben
ver como a un dinosaurio». Y no es tan vieja con sus setenta y
tantos años, pero todo ha pasado tan rápido....

—Dale, abu... contanos esa historia —dijo India, la mayor.

Su familia vivía en el sur de la provincia de Buenos Aires, en
Carmen de Patagones, junto al Río Negro. Cerca de la desem-
bocadura en el mar argentino, de altos acantilados. El padre de
Noelia trabajaba en el ferrocarril; su madre, en las tareas de la
casa, la crianza de sus tres hijos, ella y dos varones más pequeños. Adoraba cuidar su jardín y como en todas las casas vecinas,
el gallinero y su producción.

Por aquellos días, Noelia, a la vuelta de la escuela, observaba la mirada triste de su padre y los cuchicheos con su mamá. Un domingo en que ya reverdecía la primavera, después de almorzar, con tono animado, su papá le dio la noticia:

—Noe, el martes nos vamos para Santa Fe a visitar a la abuela que está viejita —le dijo, sentándola en su falda.

—¿Todos nos vamos? —preguntó Noelia, sin poder ocultar su alegría.

—No, hija. Vas a ir vos con tu papá, yo voy a quedarme a cuidar de tus hermanitos —respondió mamá.

—¡Ay, qué pena! —La niña no esperaba esa decisión, nunca se había separado de ella.

—¡Vamos a pasarlo muy bien vos y yo! —la alentó su padre—. Viajaremos en tren desde Bahía Blanca hasta Buenos Aires, y desde allí tomaremos un barco a vapor hasta llegar a Santa Fe, ¿qué te parece?

Emocionada, abrazó a su mamá y le sonrió con toda la cara a su papá. No lo podía creer. Esa noche no lograba dormir. Sólo pensaba en el viaje. Se había criado junto a los trenes, pero no podía imaginarse un barco. Ellos vivían en un pueblo y en sus alrededores sólo había campos. Sabía que no muy lejos había un puerto y un mar, no cómo eran.

Los días siguientes fue todo preparativos, porque era muy largo el viaje. Se preparó comida, un pollo sacrificado del gallinero, huevos duros, fruta y pan. En el tren había un salón comedor, muy caro para el presupuesto familiar, así que había que ir con provisiones, le explicaron.

Noelia ayudó a preparar su equipaje. Con ansiedad, contaba los minutos que faltaban para partir, elegía la ropa y zapatos más nuevos. Había que estar coqueta, sobre todo en el barco.

Padre e hija, de la mano, con emoción y algo de pena... salieron rumbo a la casa de su abuela, a quien no conocía. La abuela Noelia, nostálgica, lo comentó a sus tres nietos, que se acomodaron como si estuvieran en el cine.

El sonido de la máquina avisó la partida, saludaron sacando la mano por la ventanilla. La mamá y sus hermanos fueron haciéndose cada vez más chiquitos a lo lejos. Con los ojos húmedos, la pequeña viajera se acomodó en el banco tapizado de color verde. El padre saludó a algunas personas que habían ocupado sus lugares cerca de ellos. Ella miraba todo lo que ocurría a su alrededor, disfrutaba la sensación de ver qué rápido pasaban los árboles. Casas y animales parecían puntitos en el campo.

Ya atardecía, Beto, su papá, bajó del estante la valija dura, la acomodó entre los asientos enfrentados, puso un mantelito y sacó de la caja mágica la cena que Aída, su mamá, había preparado con amor.

—Listo, Noe... a comer se ha dicho —invitó Beto.

Noelia estaba contenta, pocas veces estaba sola con el papá tanto tiempo. Él era muy serio, callado, pero ahora se mostraba sonriente y cariñoso. Lo iban a pasar muy bien, había dicho, y así era nomás.

—Pero y ¿el barco, abuela? —insistió Sofía, con esa necesidad de inmediatez que se ha impuesto en este tiempo.

—Ya te contaré, primero tenemos que terminar el viaje en tren —dijo con una sonrisa.

Claro, a los chiquilines de ahora les cuesta imaginar esos viajes tan largos, pensó Noelia mientras repasaba sus recuerdos. Esa noche en el vagón del tren a Buenos Aires, ella durmió acurrucada en el asiento, con su cabeza apoyada en el regazo de su papá, confiada. Ya en la mañana, después de un ligero desayuno, llegaron a una estación enorme: Constitución se llama todavía.

—¡Hola, hermosa! —dijo tía Nélida, abrazándola. Ella los esperaba, ya que vivía cerca—. Los acompañaré todo el tiempo hasta llegar al puerto.

La alegría del encuentro con intercambio de regalos era lo más nítido en la memoria, pero crecieron la ansiedad que le producía el movimiento de tanta gente, autos, colectivos. Prendida de la mano de la tía, no le alcanzaban los ojos para abarcar todo lo que sucedía. No le gustaban los olores de nafta ni los ruidos y las bocinas, y el cielo se veía de a ratitos.

No recordó qué hicieron durante esas horas, sólo quería llegar al puerto y ver el barco.

—Dale, abue, ¿cuándo llegaste? —Tobi le tocaba la pierna.

—Ya, ya… ¡Es que me emociona recordar ese momento! ¡Para mí era un sueño! Ver ese buque amarrado a unos caños gordos de hierro con muchísimas cuerdas, cabos, sus barandas doradas, las chimeneas. Yo era chiquita… tenía seis años, ¡imagínense! Y había muchos más alrededor.

—¿Estás contando historias, mamá? —sonrió Cecilia, su hija, que trajinaba llevando bolsos.

—¡Sí, má!, de un viaje en tren y en barco cuando era chiquita como yo —fue la respuesta de Tobi, acurrucado junto a su abuela.

Noelia cerró los ojos y bajó la voz….

—Me sentía una princesa, qué sé yo, una de esas actrices de pelo ondulado, vestidos largos, collares de perlas… esas de las películas que habíamos visto una vez que fuimos al cine con mamá. Temblando de emoción y susto a la vez, subimos por la escalerita a la cubierta. Papá estaba serio y atento a mis movimientos, su mano apretaba la mía, dándome seguridad, yo casi iba en el aire de tan contenta. —Miró a sus nietos uno a uno.

»Zarpamos, el puerto bullicioso quedó atrás, recién allí pude ver el agua medio marrón del río. «El río de La Plata parece un mar», decían algunos pasajeros. Una rueda enorme daba vueltas moviendo el agua, hacía mucha espuma y movía el barco lentamente. Sonó su sirena. Yo no cabía en mí. Sentía ese aire en la cara, miraba la orilla cada vez más lejos. Parecía inmenso. También pasaron otros barcos cerca. Algunos eran de carga, petisos y anchos; otros muy grandes, esos llevaban mercaderías a otros países. Al pasar, abrían el curso del río y hacían olas que movían el nuestro. Era divertido ese movimiento.

—¿Y cuándo llegaron, abuela? —Otra vez el apuro de Tobi. India miraba cada tanto su celular, pero estaba concentrada. Sofía abría los ojos con curiosidad, mientras acariciaba a su muñeca.

Noelia se volvía una niña evocando esa experiencia única.

—Aprendí muchas palabras: cubierta era la parte de afuera; proa, la punta de adelante; popa, la de atrás; babor y estribor le decían a la derecha y la izquierda; y la más cómica, camarote, era la pequeña habitación para dormir, con una ventanita redonda con un nombre gracioso: ¡ojo de buey! Ni bien entramos, miré para afuera, se veía el río y la orilla muy chiquita, o yo la veía así.

—Y la cama, ¿cómo era? —quiso saber Sofía, curiosa.

Con entusiasmo continuó el relato.

—Cucheta, con una cama angosta abajo y la otra más arriba a la que se subía con una escalerita que a mi papá le daba miedo, porque me podía caer. Si yo me trepaba a los árboles cerca de casa, ¡mirá si me iba a caer! —se jactó la protagonista del relato.

—No te imagino trepada a un árbol, abuela —sonrió Sofía.

Por supuesto, la abuela hoy no podría hacerlo. Pero era muy traviesa en ese entonces.

—Ordenar las cosas, curiosear, abrir cajones, puertas, todo hice hasta que llegó la hora de cenar. Elegimos nuestra ropa preparada para la ocasión y fuimos al comedor. Para llegar había que subir unas escaleras angostitas, con el pasamanos dorado muy lustroso, los pasillos también eran estrechos. Todo muy silencioso.

»¡No pueden creer lo que fue para mí! Un salón con mesas, de paredes de madera, reluciente, lo recuerdo todo brillante, las ventanas tenían una cortina atada con un moño morado. Los mozos iban y venían con saco blanco y moñito negro al cuello. Uno de ellos, sonriente, acercó mi silla a la mesa. Ni sé qué comimos, pero sí sé que trajeron panes y unos rulitos en un plato pequeño. «Es manteca», me aclaró papá cuando vio mi boca abierta de sorpresa. Nunca me olvidé de ese detalle —dijo Noelia como si estuviera hablando de algo extraordinario, sus nietos la miraban con cara de no es para tanto. ¡Pero ella continuó con más énfasis!

»¡Y vino el capitán! Con su gorra blanca, saco azul con bordes dorados. Pasó la mano por mi cabeza y me deseó buen viaje. Papá sonreía y yo no cabía en mí de la alegría, nunca he olvidado esa escena — terminó esa parte del relato con una gran sonrisa. Los ojos de los críos abiertos de extrañeza, claro.

Mientras charlaban, a su alrededor, seguían los movimientos

de Ceci y Alejandro, cerrando ventanas, asegurando puertas.

—Ma, vayan terminando que falta poco...

—Es cierto, esa noche la pasé mal, ¡cómo se movía el barco en el agua! Mi panza tampoco se quedaba quieta. Y, con un poquito de miedo, ¡soñé que estábamos en el fondo del agua! Entonces papá me dio la mano otra vez y me dormí. Después, el sueño fue más lindo, era una sirena que navegaba por el fondo transparente del río con peces a mi alrededor.

»A la madrugada, apenas salía el sol sobre el río, preparamos nuestro equipaje, pasamos otra vez por esas escaleras estrechas, tomamos un desayuno más apurado que la cena. Ya estábamos listos para llegar a otro puerto, con un ir y venir de gente, carros y camiones con mercaderías. Bajamos con mucho cuidado por una pasarela larga —relató.

—¡Vamooooosss! —apuró Ale.

—Bueno, para terminar, otros abrazos nos esperaban, tíos, primos que no conocía y el camino a encontrar a mi abuela, pequeña, dulce, tenía una peineta transparente que me dejaba deslizar suavemente por su pelo blanco, blanco. Fue la única vez que la vi, mucho después me di cuenta de que habíamos ido a despedirnos de ella —Noelia bajó la voz —. De la vuelta ni me acuerdo, ¿qué raro no?

—¡Vamooooosss!! —Otra vez Ale, impaciente, cortó la magia...

A los apurones, quedó terminada la historia, todos recogieron sus mochilas, Noelia su bolso de mano.

—Mamá, ¿tenés el pasaporte y los documentos en el bolsillo de la cartera? ¿Y el celular? —advirtió Cecilia, ya con la llave de la casa en la mano.

—Sí, hija. Es mi primer viaje en avión, pero soy precavida y controlé todo. No veo la hora de llegar al aeropuerto —respondió Noelia.

—Abu, allá nos sacamos una foto, ¡y después la guardamos para contar historias! —insistió Tobi, saltando.

—¡Seguro, amores! ¡Y muchas más!

La emboscada

Margarita Catanea

Huguito era morocho, pelado, petiso, usaba guardapolvo blanco y era profesor de música. Pero nada de eso era tan importante como lo que estoy a punto de contar: lo acusaron de violar a dos hermanitos del colegio en donde trabajaba.

Este tema me tenía muy preocupada y nerviosa. La denuncia fue lapidaria: dos niños violados por él. Yo no podía hacer nada, siendo la directora, debía mantenerme equilibrada, no tenía idea de lo que había pasado. Todo fue de repente, la denuncia, la convocatoria de las autoridades, la intervención. Varios padres de los compañeros del grado de la chiquita señalada se habían puesto de acuerdo para llevar la queja y sus dudas también a la fiscalía.

Vestidas como para ir a un cumpleaños, llevaban a sus niñas para que las revisara un equipo forense en busca de certezas. Lo habían juzgado. Nos habían condenado como si fuésemos todos partícipes necesarios de semejante crueldad.

Terrible fue el día de la fiesta del 25 de mayo. Irrumpieron policías al patio y comenzaron a llamar a los docentes nombrados en la denuncia para llevarlos a declarar.

Traté de explicarles que estábamos en una celebración y que al finalizar iríamos sin ningún problema, pero no… Fue imposible convencerlos, nos dieron unos minutos para salir y acompañarlos.

Allí fuimos todos los nombrados y pasamos uno a uno bajo estricto juramento de decir la verdad, o quedar detenidos. Entramos junto al fiscal de turno. La única que salió sin lágrimas y con un dejo de furia fue la portera que me dijo:

—Pero Andrea, ¿cómo me va a preguntar si yo vi que Huguito tuvo conductas impropias?

—¿Y vos que le contestaste?

—Le dije que si yo hubiese visto algo raro, le cortaba yo misma la pija y la colgaba en el portón de entrada.

Pasaban los días y la cosa estaba cada vez peor. Me horrorizaba la noticia, se había comprobado que los dos hermanitos habían sido violados. Por fuera, jugando en el recreo con sus amigos, y por dentro, lagrimitas de sangre torciendo su historia.

Ese lunes, mientras me preparaba un café a primera hora, miré el teléfono y vi que había un mensaje que decía: «Huguito se ahorcó». Quedé helada, sentí que se me bajaba la presión y dejé el teléfono en la mesa.

Fui a la casa, la policía me trababa el paso. Logré pasar y lo vi, suspendido de un tirante del techo del comedor, en remera y calzoncillos, la cabeza gacha, los pies descalzos y los brazos colgando a cada lado de su cuerpo.

Observé una botella de whisky a medio tomar y un cenicero lleno que me contaban de una noche sin dormir, atormentado por el miedo de no poder demostrar su verdad a esos padres que ya lo habían condenado.

Mientras trataba de recuperarme en mi auto, llamó la abogada. Me contó con cierta alegría lo que acababan de decirle: comprobaron que el violador era el padre de los chicos. Ellos ahora estaban con la abuela, la misma señora que acusó al profesor para cubrir a su hijo. Esa que por salvar a los niños mató a un hombre bueno sin siquiera tirar una bala.

Sentí que se me aflojaba el cuerpo, necesitaba vomitar. De Huguito ya nadie tenía sospechas, él ya no tenía nada que explicar.

Sigue desaparecida

Margarita Catanea

El edificio era gigante, lleno de consultorios y oficinas, todo revestido de azulejos blancos. Nos acercamos con Laura a una coordinadora.

—Mi nombre es Natalia —me presenté—. ¿Estará el profesor de educación física? ¿Néstor?

—Aún no llegó —nos dijo con simpatía.

—Somos las dos profesoras nuevas —agregué.

Nos sonrió y nos preguntó si mientras esperábamos queríamos colaborar con ella, porque en el segundo piso había un grupo de jóvenes solos. Así lo hicimos. Nos dio un grabador, subimos a un salón grande en donde mujeres y varones con distintas discapacidades esperaban su clase de musicoterapia. Nos miramos cómplices y con una sonrisa inventamos una cátedra que nos dejó maravilladas tras darnos cuenta de la posibilidad de haber hecho todo eso sin haber tenido la menor idea. Tampoco sabíamos aún que ese lugar estaba maldito. Y maldita toda su gente, todo adentro.

Pensar en el pueblo de Torres es recordar el loquero Montes de Oca, donde tuve el dudoso honor de trabajar. Ya cuando entraba el colectivo, empezaba a esparcirse ese olor fétido que quita el hambre. Me sentaba del lado de la ventanilla porque ese viaje era de unos pocos y se podía elegir el asiento.

El recorrido era lento y desparejo. De las calles recuerdo que la mitad eran de tierra y las otras de asfalto lleno de baches. La gente era rara y algo me daba curiosidad: la mayoría de las mujeres tenía un pañuelo que le cubría la cabeza, algunas vestían guardapolvo blanco; y las pocas personas que caminaban por la vereda, lo único normal que tenían era la cabeza sin cubrir. A mi lado iba Laura, mi amiga y colega. Me había ofrecido el puesto vacante y muy pronto me enteré el por qué nadie quería ocuparlo. Era mi primera semana de trabajo con esos locos y me llevó tres días develar el misterio de los pañuelos.

Yo vestía mi conjunto de pantalón, campera deportiva y el eterno bolso amarillo que me acompañaba desde que cursaba las materias en el profesorado. Cada día al llegar el colectivo estacionaba al costado del camino en donde había una tranquera con una entrada señalando el comienzo del psiquiátrico. Bajábamos del colectivo de línea —ese que tomábamos en Luján para viajar hasta Torres— todos mudos, como zombis, y ahí mirándolos uno a uno. En ese silencio automático yo no dejaba de pensar en la doctora que meses atrás había desaparecido sin dejar rastros.

La noticia se transmitía todo el día en los canales de televisión. Al ser tan joven, yo no tomaba verdadera dimensión de lo que sucedía. Se había esfumado justo ahí en el loquero de Montes de Oca. Se tejían historias del cómo y del porqué, aunque el tráfico de órganos era lo que sonaba con más fuerza. También se comentaba que hacían parir a las locas, vendían a los niños y que ella estuvo a punto de denunciarlo todo. Otra versión era que se había fugado con un joven del pueblo. En realidad, nadie sabía nada.

El lugar que nos habían asignado para trabajar era un galpón que quedaba un poco retirado de los pabellones y de las oficinas centrales. Al lado había una cancha que era perfecta para que hiciéramos nuestro trabajo.

Recién al segundo día nos encontramos con Néstor, que fue el que nos había conseguido el trabajo. Nos tomamos unos mates y nos explicó un poco cómo nos teníamos que desenvolver. A mí me asignó un chico tan joven como yo, con parálisis cerebral, y otro con problemas motrices. Me dijo dónde se encontraban las pelotas y que empezara durante la mañana cuando quisiera, que mi horario era de ocho a doce, que ellos siempre estaban en la zona de bancos en el jardín tomando sol. Quedé un poco confundida, pero de nuevo, la juventud te empuja a la aventura y si me lo estaba pidiendo, seguramente era porque lo podía hacer.

A Laura le pidió algo similar. Seguimos tomando mate, comentamos lo felices que estábamos con la vuelta a la democracia, de la mano del presidente Alfonsín. Aunque en casa no era tan sencillo, porque mi mamá se sentía aterrada desde que se enteró que trabajaba allí. Todo el tiempo me sugería que la próxima desaparecida podía ser yo, que no me metiera, que no preguntara.

Llegar desde la entrada del loquero a mi lugar de trabajo era todo un desafío. Grupos de señores mal vestidos, casi desnudos, agazapados, esperando cruzarse en tu camino para pedirte cigarrillos, galletitas o lo que pudieran sacarte. Atravesar ese campo lleno de personas en desgracia se convertía en una estrategia. Y las mujeres internadas, desafiantes, levantándose los vestidos y a veces sacándoselos, persiguiéndome hasta que lograba desmarcarme gracias a mi profesión, que me mantenía muy ágil en esa época. Al tercer día supe que los pañuelos los usaban las médicas para no contagiarse de los piojos, y aprendí a tener cigarrillos, galletitas prontas para calmar la exagerada demanda y a no perder nunca el entrenamiento, para correr si se hacía necesario.

Estar con mis dos alumnos era cosa de una hora. Trataba de hacer algo con ellos y con esa brevedad bastaba, por lo que me quedaba mucho tiempo libre para recorrer cada rincón de ese tenebroso lugar. Descubrí que el sitio se dividía en varios sectores: el edificio de entrada, los pabellones de los internos, la zona del jardín, el galpón, las canchas y el centenar de hectáreas de bosque que lo rodeaba todo. Existía una clara diferencia entre el cuidado del sector de los médicos y el de los internos. Este último era siniestro, oscuro, húmedo, frío y tan mugriento que no era raro ver alguna rata; la comida la transportaban los internos en tachos enormes y espantosos. Ese era el escenario. Como telón de fondo, todos esos locos abandonados a su suerte.

Después de dejar descansando al sol a mis dos alumnos, empezaba a caminar por el lugar que me llenaba tanto de intrigas como de temor. Muchas veces lo hacía sola, porque Laura continuaba con sus tareas o simplemente la perdía de vista.

Los dos pabellones eran gigantes y gélidos. Uno femenino y el otro masculino, aunque en el más discreto silencio todo allí era lo mismo. Los locos, sin distinción de género, revolcándose, teniendo sexo salvaje como nunca imaginé que podían hacerlo los humanos. Tan a plena luz del día que me daba la sensación de que eran producto de mi imaginación o tal vez eran invisibles a los ojos de los pocos guardias que caminaban cansadamente el predio, ciegos a la pintura ultrajante.

—Señor, esto que pasa acá… —alcancé a decirle una vez a uno de los guardias.

—Tranquila, nena… —me interrumpió.

—Pero esto no es normal.

—Acá están medicados y a las mujeres todos los días les dan sus anticonceptivos —me respondió antes de irse.

Claro, eso era lo normal en ese lugar, y era sabido por correo de pasillos que los locos se revuelcan todo el tiempo sin provocarle preocupación a nadie.

A lo lejos, en las oficinas centrales, guardapolvos blancos, pañuelos en las cabezas entraban y salían concentrados en sí mismos, con los ojos perdidos en la distancia sin ánimo de entablar, ni siquiera entre ellos, alguna conversación.

Al rato me senté en la parte trasera del galpón a fumarme un cigarrillo, mientras esperaba a Laura, que no aparecía. Calculaba la cantidad de hectáreas que tenía ese lugar, el bosque cerrado, lúgubre, sin ninguna protección. Cualquiera podía entrar y salir con libertad caminando hacia el pueblo de Torres. Pensé en la doctora desaparecida y me convencí de que estaría en ese lugar: asesinada, enterrada y olvidada. Así funcionaba todo allí.

Recordé su rostro, su larga cabellera que decoraba con una especie de bincha, su boca sensual y de mirada serena, delgada, luciendo su bata blanca. Así se veía en la foto que sostenían los padres, pidiendo justicia para que se investigara, porque habían pasado ya dos meses y nada se sabía.

Me propuse que al día siguiente iba a recorrer el bosque, si tenía un poco de tiempo. Terminé el cigarrillo y di por concluida mi jornada. Me alegró acordarme que esa noche me juntaría con amigos a debatir sobre la nueva forma de gobierno. Recordé con una sonrisa que iba a ir Eddy, el chico de ojos verdes del que me enamoré en cuanto lo crucé en mi camino.

Esa noche le conté lo que había visto y me dijo que estaría bueno denunciarlo, pero el solo hecho de pensar en eso me asustaba. Imaginar a los militares haciéndome preguntas me helaba la sangre. Él, que era más grande que yo y había militado para los radicales, tenía más claras las ideas del cambio, pero a mí me daba miedo.

—Dale, tenés que hacerlo —insistió.

—Esperemos un poco —le pedí—, tal vez estoy exagerando. —Y cambié de tema.

—Bueno, contame a mí —me dijo.

—Prefiero que vamos allá con todos, ¿dale? Vamos con el grupo así despejo la mente. —Y así fue.

Yo no sabía lo que era vivir en democracia todavía, pero a mis diecinueve años estaba contenta porque había votado y se respiraba otro aire. El discurso del que ahora nos iba a gobernar me había hecho lagrimear al escucharlo: un médico por acá pidió el mismo presidente al notar a una señora desmayada, cortando su disertación en plena asunción. El recitado emocionado del preámbulo de la constitución, el fervor de toda la muchedumbre, miles de banderas argentinas flameando a lo alto me daban esperanzas de que se habían terminado los fríos comunicados militares y, finalmente, la democracia era algo más que un acto de fe. En la nueva política me hablaban de derechos humanos, algo que, mucho más tarde, logré entender de qué se trataba. Pero yo todavía seguía atemorizada con los atropellos de la policía, algo que podía charlar ahí con estos amigos y con Eddy.

A la semana siguiente, esa lluvia de jueves transformó todo. Los locos no estaban a la vista y después de esperar un rato dentro del cobertizo y al ver que no venía nadie, decidimos con Laura ir al edificio central para ver si encontrábamos a Néstor, para adelantar la reunión del viernes, pero no fue así. Nos encontramos con la médica del primer día y nos ofrecimos para dar musicoterapia y así lo hicimos. Ese día fue especial. Al terminar la clase, bajamos a devolver el grabador a las oficinas. Era la hora del almuerzo y la lluvia contribuía a la falta de control habitual. Se había juntado un puñado de personas entre médicos y personal administrativo y, por primera vez en la semana, los vi dialogar, sonreír y compartir. Tanto así que nos animamos a sentarnos en un escritorio con ellos cuando de repente entró a los gritos una paciente:

—¡Devuélvanme a mi hijo! ¡Son todos unos hijos de puta, devuélvanmelo, los voy a matar a todos!

La vuelta a casa de ese jueves fue en silencio. En mi cabeza retumbaban los gritos de esa loca que, con violencia y de a dos, sacaron del lugar para llevársela. Todos quedaron callados un instante para luego afirmar que estaba loca y seguir como si no hubiese pasado nada. «Será entonces el robo de bebés que iba a denunciar la doctora desaparecida», pensé.

A la semana siguiente ya nos movíamos por el lugar con más soltura, pero con el mismo espanto. El tibio sol de mayo y las hojas caídas de aquel otoño daban un marco de mayor soledad al lugar. Me sentía inquieta, porque pasaron dos días y Néstor no aparecía para la postergada reunión. El miércoles, en mi recorrida, me alejé un poco del edificio central y vi, en lo que parecía un patio cercado con un enrejado enorme, a un niño trepado a más de la mitad del largo del alambrado, colgado de sus manos, con un pantalón dos talles más grandes atados con un cordón, como se sostenían los pantalones en ese lugar. Escapando a lo alto, defendiéndose de los tipos de abajo, que eran todos adultos amenazantes. Corrí a buscar a Laura para contarle y pedirle que me ayudara a hacer algo para rescatar al chico, pero cuando llegué, agitada, la vi con Néstor charlando muy tranquilos, esperándome. No quise parecer maleducada y decidí callar, saludar y sentarme a escuchar. La charla era demasiado normal para lo que yo estaba viviendo, entonces me decidí y con voz firme le pregunté a ese muchacho bonito, unos años mayor que nosotras y tan amigable, qué pensaba de lo que pasaba ahí adentro. Le enumeré los sucesos que habíamos vivido y se quedó callado, mirándonos un rato.

—¿Quieren conocer la jaula? —nos preguntó.

—Claro, claro que sí —dijimos al unísono, entre enojadas e intrigadas. Y hacia allá fuimos.

Salimos del tinglado y nos dirigimos hacia el pabellón en el que habíamos estado la semana anterior, pero lo rodeamos y vimos para nuestra sorpresa otra entrada muy prolija y cuidada. Pasamos y me llamó la atención el brillo, el olor a limpio y el piso del hall de entrada, que tenía una decoración de cerámicas impecables y entrelazadas. Además, había una habitación gigante con cunas y camas dispuestas en riguroso orden y preciso cuidado.

Cuando avanzábamos por el centro de la sala, me detuve frente a una cuna, vi que adentro dormía un bebé con cara de anciano. Quedé sobresaltada, ya todo lo miraba de soslayo por miedo a lo que me iba a encontrar. Todo era deformidad, unas veinte camas de monstruos. Sólo se oían nuestras pisadas que rechinaban por tanto lustre de aquel piso perfecto. Apuramos el paso, atravesamos toda la sala por un pasillo que ya se parecía al lúgubre estilo de la colonia, y desembocamos a lo más triste y aberrante que he vivido en toda mi vida: la jaula.

Así le decían, así había llamado Néstor a ese lugar. Entramos a un espacio separado por rejas, de aproximadamente dos metros. De un lado, nosotros tres y del otro, unos veinte niños desnudos, arrastrándose por el piso sucio con sus propias heces, haciendo sonidos guturales. Cuando nos vieron, se lanzaron como pudieron a la reja, extendiéndonos los brazos con gestos desesperados. Algunos podían caminar, otros gateaban. Quedé cerca de un niño que con su bracito estirado me suplicaba libertad, era lindo y de mirada dulce, ya sin lágrimas. Quedé inmóvil, sin poder asimilar lo que veía. Néstor nos dijo que se ponían así porque una vez por semana los sacaba un rato al sol, y que lo reconocían. En ese momento, el odio hacia ese tipo de carita dulce se apoderó de mí. «Cómo puede, tan tranquilo, permitir ese flagelo», pensé.

Me quise ir cuando de repente una enfermera pidió que nos retiráramos, y con gusto encaré para la puerta sin antes echar el último vistazo, ese que siempre está de más. Entonces vi cómo con una manguera y sin piedad, la enfermera les tiraba agua desde afuera de la reja, con la intención de limpiar el piso. Los chicos esquivaban como podían el agua, subiéndose a unos bancos de cemento que había junto a la pared de atrás. Perdí de vista al nene lindo de mirada triste, todo formaba parte de un mismo espanto.

—¿Qué significa todo esto, Néstor? —le pregunté ya afuera.

—Este lugar tan bien cuidado de la entrada es para cuando vienen los políticos de turno o la gente que hace donaciones para la colonia —me dijo con tranquilidad.

—Pero… esto no puede ser… —empecé a decir antes de que me detuviera con un gesto.

Eso era la jaula y estaba bien escondida. No hacía falta más para describirla o para entenderlo todo. Esa tarde volvimos muy calladas mi amiga Laura y yo.

Guardé el secreto hasta el viernes que volvimos a juntarnos en el boliche, deseaba con todo mi corazón que fuera Eddy, necesitaba contarle todo con detalles, segura de que él sabría qué hacer. El fantasma de la desaparecida me perseguía; ya no dormía, no comía bien, me asustaba la sola idea de hablar, todo era muy grave y al correr los días, tenía la certeza de que la habían matado por hablar, por romper el secreto tácito, por querer defender a esos inocentes que se contaban de a cientos, cada uno con una tragedia sobre sus espaldas. Ahí vivía el diablo con sus más terroríficas prácticas y todos mudos, cómplices, aceptando el horror como si fuese parte razonable de la vida.

Había abandonado la ilusión de que la doctora se hubiese fugado con alguien casado del pueblo, esa era información para despistar, ya no cabía dudas de que la callaron.

Cuando llegué al bar, vi a todos entre copas y risas. Fui despacio hacia la mesa y al llegar, él me estaba esperando. Traté de integrarme a la reunión, pero se me hacía muy difícil. Eddy se dio cuenta de que algo me pasaba y me preguntó si quería que nos fuésemos a un lugar más tranquilo. Le dije que sí.

Salimos del sitio y sentí que había refrescado. Caminamos un poco, cruzamos la plaza en silencio y fuimos a un cafecito. Nos sentamos y decidí contarle todo. Me escuchó con mucha atención.

—Ya no podés volver a ese lugar —me dijo, consternado.

—Creo que no puedo…

—No te preocupes, conozco gente que nos puede ayudar. Tranquila… —dijo antes de abrazarme con fuerza.

Desde ese día, no regresé nunca más. Todo lo supe por Eddy y la televisión, que transmitía constantemente los allanamientos y la intervención al psiquiátrico.

Pasaron cuarenta años. Y la doctora sigue desaparecida.

La mano izquierda

Margarita Catanea

No todos los ogros son malos, verdes y gritones. Existen gigantes que dejan a abuelas, abuelos y hasta a millones de familias enteras vivir sobre su mano izquierda. Sólo hay un detalle muy importante. Uno con el que hay que tener cuidado… No hay que caminar por los costados de la mano porque alguien puede resbalar y caer hacia el mundo desconocido. Ese lugar que sólo conocen los que se han caído, porque nunca nadie desde allí ha regresado.

Los que más rápido resbalan son los abuelos y las abuelas, quizá porque sus pasos lentos y la vista no tan buena los hacen tropezar, tal vez con alguna piedra o rama. Aunque también los papás, las mamás y los niños pueden caer por el precipicio. Cuando nadie se cae, la vida es feliz. Los abuelos en sus jardines, los papis en los trabajos y los niños en la escuela o reunidos en alguna esquina jugando y riendo.

Ni las personas más sabias saben por qué nadie puede regresar, sólo hay que aceptarlo, pero cuando esto sucede, todo se vuelve muy triste en el pueblo de la mano izquierda.

El día que se cayó la abuela de Nico fue terrible para él, llenó un balde de lagrimitas. Ellos tenían un amor tan grande que hacía que no hubiera ni un día en el que no se saludaran con un abrazo. Ella le preparaba sus comidas preferidas o le contaba historias fantásticas, esas que a él le gustaban tanto.

El papá y la mamá se esforzaban en consolarlo, pero nada lo calmaba, sólo preguntaba «dónde está la abu». Con sus ocho añitos recién cumplidos, le era muy difícil de aceptar. Esa noche Nico se durmió de pura tristeza. Y mientras dormía, algo misterioso pasó, algo que muy pocas veces ocurría… La sombra de una mano gigante se metió por el ventanal de su habitación y le susurró al oído: «Soy la mano derecha de tu mundo y quiero que veas». Estiró los dedos y como si fuera una pantalla, le mostró a su abuela jugando sin bastón, sonriendo con los otros que tiempo atrás se habían caído. Todos disfrutando de bellos paisajes. Con la certeza de verla feliz, serenó su alma y durmió hasta el mediodía.

Cuando se despertó, fue corriendo a abrazar a su mamá y le dijo que había visto a la abuela mientras estuvo durmiendo, y que quería un vaso de leche chocolatada. La mamá, que seguía muy triste, se alegró de verlo más tranquilo.

Ese sábado por la tarde, los niños jugaban en el parque y quedaron sorprendidos al ver a Nico doblando por la esquina … «¡Ahí viene!», se oyó el grito de Tomás, su mejor amigo, que salió corriendo a su encuentro. Le dio un gran abrazo, porque sabía lo que le había pasado.

—¿Estás muy triste?

—Sí, porque quiero que esté acá, conmigo, pero ¿sabes, Tomy? Sé que volveré a jugar a la mancha con mi abuela.

Se miraron cómplices y fueron corriendo a buscar la pelota.

Huyendo

Doris De los Santos

La tarde cae y con ella, el sol. Tiembla, la noche llega con su frío, de a rato tan esperado, otro haciendo rechinar dientes. El desierto tiene esa magia, A o Z, extremas sensaciones y experiencias. Carlos arma su carpa, pequeña pero segura, enciende su farol y abre una lata de comida: solo, esa soledad que tiene miedos, historias e insiste en no dejarlo.

¿Cuándo fue la última vez que estuvo solo, así, como ese desierto, seco, sin rumbo?

¿Cuándo partió de su casa paterna? ¿Cuándo abandonó la universidad para atender un bar, o cuando Angélica, su amor de siempre, lo dejó? ¿Cuándo se sintió así, solo y seco como la noche? Tomó una fotografía que siempre lo acompañaba, que nunca lo dejaba, las playas de Mallorca, también allí había viento, arena y muchedumbre. A pesar de ello, se sintió solo.

Lloró, lloró como un niño hasta que logró dormirse. Al despertar, buscó su brújula. Esta lograba que encontrara su norte, no apareció ese día; adentrándose más al desierto, sin agua ni sombras, los espejismos aparecían, sus labios lastimados por falta de agua y el sol que quemaba cada vez más. De pronto, visualizó un cachorro, era negro y le movía la cola. Calos fue acercándose y lo tomó en sus brazos. Sintió un agudo pinchazo, pensó que lo había mordido. La vista se le nubló, cayó cara al cielo y vio a sus padres mientras que la cobra se marchaba tras una lagartija.

Canción de Cuna

Doris De los Santos

La joven revolvía el contenedor de desechos que el restaurante tenía en el callejón. Los mejores bocados se los daba a sus nenas. Hacía mucho calor y el grifo de la plaza no funcionaba, sintió un mareo. Sentó a las niñas en uno de los bancos. Su cuerpo descompensado por el calor, el hambre y la sed. Su desmayo fue lento, liviano, como una pluma en el aire. Mientras caía, vio una valija repleta de dólares, quizás fuera un millón. La brisa los volaba y con ellos, su hambre, cansancio, sed. Su sueño se hacía realidad, lo que no entendía era por qué la imagen de sus hijas se alejaba más y más.

Soñaba que los sufrimientos acababan, era el sueño eterno.

Decisiones

Doris De los Santos

Como cada noche que se hacía tarde en la visita de mis hijos, encontraba a Sonia sentada y dormida en el sillón de entrada; me producía sensaciones encontradas.

Un poco de ternura, otro de culpa. Estaba justo al frente del portarretrato donde mis hijos y yo posábamos felices en su adolescencia el día que decidieron desarmar la casita del árbol. Con Sonia hacía diez años que estábamos juntos; no pudimos tener hijos, pero amaba a los míos como de ella. No era igualmente retribuida, por eso nuestros encuentros familiares eran en otro lugar. Su madre había tenido un desafortunado accidente que llevó su vida.

Esa noche, tomé una decisión, sacar el portarretrato de ahí y llevarlo al antiguo cuarto de los chicos. No quería despertarla. La tapé, puse el otro sillón a su lado y me dormí. No se puede reemplazar una vida, tampoco secar otra.

Enamorarse del silencio

Doris De los Santos

Caía la madrugada con su rocío.
Maullidos de gatos y una bandada de teros,
que aún no sé por qué vuelan y cantan de noche.
Cerré mis ojos e intenté escuchar el silencio.
La naturaleza se hacía presente y sonaba como canto.
Enamorarse del silencio y poder tamizar a nuestro antojo
aquello que nos proporciona paz.
Escucho el viento, una hoja caer me avisa que el
verano prepara su maleta.
Lo hago mío, lo pongo en el centro de mi pecho,
y es ahí justo el momento mágico,
sublime, donde sólo se escucha el murmullo.
Me relajo, apaciguo mi respirar,
y sus palabras comienzan a ser claras, dulces,
consoladoras, consejeras.
La palabra ilumina todo mi ser.
Amo el silencio porque en él puedo escucharte.

Bruja blanca

Doris De los Santos

Los consultorios estaban a pocos metros de las vías del tren, la ventana abierta dejaba entrar un haz de luz y por él se vislumbraban las partículas del aire.

Se sentó a esperar. Un teléfono sonaba insistente, demasiado para su ansiedad. La licenciada Karina V. se acercó a ella y se presentó, le dio un abrazo, algo que a ella le molestó, que la tocaran la ponía nerviosa.

Karina le ofreció sentarse, agua y unos pañuelitos descartables.

—Según lo que hablamos por teléfono, estás dispuesta al ejercicio.

—Sí —respondió Mónica, aunque no sabía de qué se trataba ese ejercicio tan importante para su tratamiento.

Cumplidos los cincuenta, un día cualquiera, Mónica tenía en brazos a su primer nieto; feliz, sensación que no experimentaba desde hacía tanto tiempo, tanto que ya no lo recordaba. El bebé quedaba a su cuidado todas las mañanas, parados frente al gran ventanal pasaban rápido y abrigados, junio se hacía sentir. Pasó un auto, el que conducía mostraba facciones que conocía. Ese fue el primer día de años de locura. Ese hombre la llevó a recordar sus cinco años jugando con sus primas en la casa de su abuela materna; siempre estaban ahí, sus madres ya habían tenido a su hijo varón y era lo único importante; su abuela tenía en su casa un adolescente que lo mantenía y él la ayudaba con las vacas y las cabras. Al lado de la casa de la abuela, su tío estaba construyendo su casa.

—¿Podemos comenzar? —preguntó Karina.

—Sí —balbuceó Mónica.

—Antes quiero que firmes este conforme donde dice que estás de acuerdo con este ejercicio y que toda la responsabilidad de lo que suceda es tuya —agregó Karina.

Mónica firmó. Luego, Karina puso una música relajante, un sahumerio despedía aroma a yuyos. ¿Cómo fue que llegó allí?, pensaba. Y luego recordó que fue por recomendación de otra psicóloga, porque Mónica estaba atormentada con esas visiones de una niña de cinco años que le pedía ayuda, esa niña que parecía ser ella misma y que la hacía enloquecer.

Karina comenzó su trabajo con voz muy suave y de forma lenta.

—Cierra tus ojos —le dijo—. Vas a visualizarte hoy en este consultorio. Ahora junto con tu nieto, justo en el momento que pasó ese auto. Ahora vas a verte con quince años, ¿te ves?

—Sí —contestó Mónica.

—Ahora quiero que te ubiques en esa obra en construcción, los que te acompañaban, sus rostros, todos sus olores.

Mónica comenzó a llorar en silencio.

—¿Por qué estás llorando, pequeña? —le preguntó Karina.

—Alguien me toma muy fuerte y me pone sobre un tablón, saca mi bombachita con flores, ese olor que siento, cal mezclado con tierra, caca y pis. ¡Ay! —dijo Mónica—. Me duele.

El llanto era abundante, la niña miraba el techo y pensó en esos huecos por donde entraba la luz, así como la ventana del consultorio. Ese alguien que la tomó por las fuerzas era el joven que criaba su abuela. Por fin la soltó, le ayudó a bajar del tablón. Mónica sintió algo tibio que caía en sus piernas, era sangre.

—Ahí está la nena, ¿la ves? —le dice Karina.

—Sí.

—¿Qué vas a hacer?

—Voy a alzarla.

—¿Qué más? —volvió a decir Karina.

—La limpio con mi camisola, la abrazo muy fuerte y la beso, le seco las lágrimas.

—¿Qué le dirías?

—Que la amo —respondió Mónica con esfuerzo, entre su llanto—. Y que nunca más va a sucederle algo así porque YO no lo voy a permitir.

—Ahora, lentamente, vas a abrir tus ojos, vas a respirar muy despacito, hasta calmar tu corazón y cuando eso suceda, abrí tus ojos —le dijo, dándole un abrazo.

Mónica abrió los ojos y se miraron.

—¿Estás bien? ¿Ves a la nena?

—Estoy muy triste —dijo Mónica—, pero no veo la nena.

—¿Por qué no la ves?

—Porque la tengo acá —dijo mientras tocaba su pecho.

Se dejó abrazar por Karina hasta que se calmó el llanto, ya toda la historia tenía personajes, olores y dolores. Había podido unir a la nena con aquella adulta de cincuenta años que siempre se preguntó que por qué el asma, o los motivos por los que la descomponía cualquier olor a obra, no podía entrar a los remises o taxis por olor a hombre transpirado. Todo eso ahora tenía sentido.

Después, tuvieron otras sesiones, pero esas son otras historias. Gracias a Karina, a esa bruja blanca, ahora Mónica controla sus ataques de pánico.

Podemos

Doris De los Santos

Veníamos planeando el viaje con mi amiga Marisa hacía varios meses. La idea era ir a Termas de Río Hondo y cuando llegó el momento, allí había un evento de carrera de motos GP y cambiamos de destino a San Miguel de Tucumán.

Preparamos con entusiasmo las valijas y Marisa vino a dormir a casa la noche anterior, así partíamos temprano. Mates, bizcochuelo de limón, sándwiches para el almuerzo. Nos pusimos el chip de positivismo, felicidad y partimos. Habíamos colocado la ubicación del hotel reservado y conectamos a la gallega para que nos guiara. Hacíamos todo lo que ella decía, mi amiga me mostró el arco de salida de Córdoba que nos llevaría a Buenos Aires.

—Ya pasamos tres veces por acá —me dijo mi amiga. Como hacía tiempo que conducía y renegaba con el monstruo del tráfico que si no estás atento te devora, decidimos detenernos y preguntar.

El Google Maps insistía en llevarnos a la ruta nueve sur, pero un señor nos indicó que estábamos pifiando y debíamos volver; nos recomendó otra ruta que era más corta. Miré mi reloj y hacía cuatro horas que dábamos vueltas, no lo podíamos creer. Decidimos ir por la ruta aconsejada, todo bien, escuchando música y sin mate, porque la ruta parecía poseída totalmente por camiones. Llegamos a Cruz del Eje. Las instrucciones de la cuñada de Marisa eran claras, de donde nos topamos con el sol gigante desviar a la derecha. Hasta parecía que esos rayos indicaban hacia donde debíamos ir, pero como bien dicen, al destino lo hacemos nosotros, nadie lo marca. En vez de ir hacia la derecha, decidimos por la izquierda, porque nos parecía en mejores condiciones la ruta. Era todo un engaño, ya que a pocos kilómetros se terminó ese asfalto y comenzó la película de terror. En medio del monte, sin poder girar porque la calle se convirtió en huella y custodiada por monte espinoso, una hora conduciendo hacia ningún lado y alentándonos una a otra que ya íbamos a salir de allí, se hizo un claro en el monte y pudimos volver; una sensación de alivio nos vino y fue motivo de risas, otra vez nuestro sol de Cruz del Eje.

—Bueno, vamos, hacer el camino derecho sin doblar hacia ningún lado —dijo ella.

Previamente consultamos con unos agentes de policía y como siempre, no se les entendió nada. Salimos derecho cantando un tema que sonaba en el estéreo. Ya eran las tres de la tarde y teníamos hambre, desde las ocho que nos habíamos puesto en marcha: en siete horas tendríamos que estar en Tucumán y nosotras todavía estábamos en Córdoba.

Comimos mientras andábamos en el auto, no queríamos perder tiempo. Nuevamente, algo pasó: se terminó el asfalto como a los cuarenta kilómetros. Y yo, temerosa, miraba el nivel de combustible y me relajaba cuando veía que no había gastado mucho. Fue ahí cuando encontramos una casita humilde. Una jovencita que tendía ropa en un cerco no supo decirnos dónde estábamos, porque ella vivía en esa casa desde que nació y no había salido jamás de ahí. Lo único que nos recomendó fue que nos cuidáramos de las salinas, que se encontraban más adelante, ya que hacía unos años un par de viejitos habían muerto por ahí. Creían que eran duendes los que tomaron sus vidas. Nos miramos y volvimos mientras hablábamos de que no podíamos creer que todavía en estos tiempos existieran personas tan ignorantes, sumidas en su pobreza y las leyendas.

De regreso, dos perros salieron de una casa, cuando no habíamos notado ninguna vivienda cerca. Por detrás de ellos, salió corriendo, juguetón, un caniche. Fue ahí cuando toqué bocina y me detuve. Después seguí y el dueño los llamó. Pensé que los había atropellado, aunque hubiese sentido algo en la rueda. Se levantó entonces una nube de polvo que no dejaba ver nada.

Seguimos silenciosas cada una con nuestros pensamientos, yo pedía perdón a los dueños y a Dios. Llegamos nuevamente al sol de Cruz del Eje, la tarde caía y con la tentación de volver a casa, mi amiga me dijo:

—Pará en ese playado que voy a preguntar.

Me pregunté a quién lo haría si sólo se escuchaban los pájaros y los camiones de la ruta. Pero ella había visto un camión que venía de una de esas rutas intransitables. Lo detuvo con señas, mientras yo pensaba en lo peligroso que era. Sin embargo, resultó ser una buena persona que nos escribió en una servilleta todos los pueblitos que debíamos pasar y nos dijo con firmeza:

—Van a encontrar la ruta ciento cincuenta y siete, no la dejen que ella las llevará a destino.

Cuando dijo esa palabra, me quedé pensando en la idea de destino. ¿Acaso esa ruta marcada no era la que la cuñada de Marisa había indicado? Completamos tanque de combustible y emprendimos la marcha. La noche estaba a un tiro de piedra, hice unos ejercicios de respiración y seguimos. Habíamos marchado hacía largo rato y divisamos luces intermitentes y cruzando la ruta un camión de bomberos, policía y ambulancias: un gravísimo accidente donde nuevamente la ruta se cobró vidas de toda una familia que no vio un camión con sus luces cubiertas por el barro. Nos desviaron por una huella toda marcada por el riego; dos paredes enormes nos custodiaban, eran cañaverales y nosotras ahí, en la noche sin luna ni estrellas tratando de adivinar lo que a nuestro alrededor sucedía. Delante nuestro iba una de las ambulancias, un paramédico practicaba RCP.

Metiéndonos entre cañaverales, logré sobrepasar aquella imagen tan atroz donde el asistido, imaginé, ya había encontrado el final del camino de su destino. Luego nos quedó un largo trecho hasta que terminó la huella y transitando por calles de tierra ya lejos de la ruta, intentando salir de ese laberinto, aparecieron al fin luces y personas que indicaban a la caravana cómo ingresar nuevamente y seguir nuestro camino. Silenciosas las dos, marchábamos, y de pronto, mi amiga me dijo, asustada:

—El GPS dice que faltan sesenta y siete kilómetros para llegar a Jujuy.

—Bueno, tranquila, que ese GPS anda mal —respondí. Y justo entró una llamada de mi hija, contándome que habían estado preocupados por la falta de comunicación y la cantidad de horas que habían transcurrido.

—Mamá, ¿por qué no respondías? ¡Ya te hacíamos debajo de un camión!

Reí porque así es mi hija, primero el reto y luego lo preocupada y nerviosa que se siente. Pero todo andaba bien para nosotras. Seguí la ruta que el camionero nos había indicado en esa noche como carbón, ruta completa de autos y los benditos camiones, noche que esperaba para ver qué hacíamos.

—¿Notaste que sólo bajamos y antes subíamos? —le pregunté a mi amiga.

—Sí, lo noté.

—Entonces cruzamos la montaña…

Y de repente, apareció la ciudad ante nuestros ojos. ¡Qué alivio cuando agradecimos a Dios estar vivas!

—Ahora tenemos que encontrar el hotel… —suspiró mi amiga.

Y por providencia, lo localizamos rápido. El tránsito era atroz, rápido, nadie respetaba semáforos y a los taxis les fascinaba tocar bocina. Traía uno detrás mío, yo traté de orillarme hacia el hotel, al fin pasó y nos insultó como loco. Luego, levanté primero mi dedo mayor y luego hice señal de perdón.

Estuvimos un rato en la vereda, según nosotras riéndonos del taxista, pero descargábamos las tensiones de todo ese día complicado, pero no menos maravilloso, ya que llegamos luego de dieciséis horas, sanas y salvas, sólo llenas de polvo y humo. Miramos lo tarde que era en el reloj y volvimos a reír.

Mi primer viaje mayor de dos kilómetros, audaz, confiadas y felices. Odisea que pasamos, nos atrevimos y lo logramos. Odisea que nos enseñó que sí podemos.

Quien quiera

Doris De los Santos

Quisiera ser el viento
y tus las hojas.
Quisiera que te vayas,
así te persigo.
Quisiera, amor, que te quedes,
para atraparte bien.
Aquí adentro,
quisiera yo dejarte.
Tú que me ruegues.
Yo rogarte y que te niegues.
Quisiera, amor, perpetuar
todo lo que vivimos, para no añorar.
Quisiera ser tu alma y tú
mis ojos.
Quisiera que te quedes.
Aquí con marcación indeleble,
y desaparecer.
Así volver a ser libres.

Amores en red

Doris De los Santos

Tarde calurosa de verano, la ropa se pegaba al cuerpo y el cabello molestaba; así que con un broche, como era mi costumbre, lo alisé con mis dedos y armé un rodete alto. Sobre la mesa todavía llegaba la claridad de los tardíos rayos del sol que con pereza al irse teñía el horizonte de púrpura. La tribu, como los llamaba —hijos, nietos, nuera, yerno y por supuesto nunca faltaba un amigo o amiga— acababan de marcharse. Las risas y chillidos de niños y adultos aún resonaban en mis oídos. Tarde de domingo, especial para ponerse nostálgica. Decidí que no sería así y comencé a revisar mi celular. No había mensajes, ni siquiera aquellos en cadena que mis amigas enviaban de alguna Virgen combinado con Hoponopono, o de los ángeles que los aumentaban según el día. Esa tarde los extrañé. Me fui a la bandeja de entrada de emails, vacío. «Ufa, nadie me quiere, todos me odian», me dije mientas reía. Qué les pasaba a mis amigos, seguramente lo que a mí, el calor los tenía aletargados.

Abrí Facebook y recordé una charla que tuve con mi amiga. Ella me contó que estaba hablando con un fulano que le resultaba agradable, soltero de cuarenta y cinco años. «¡Cuarenta y cinco!» exclamé. «Pero tiene la edad de Dani, tu hijo». «Pero es virtual, Paula», me respondió. Abrí Facebook, que ahí estaba. Pero un mensaje me recordó que había que actualizar la aplicación.

Después de eso, me relajé y me puse en campaña para conocer un amigo. Primero, me traje una taza de té de hiervas frío, acomodé todo para no quedarme sin batería en la computadora y abrí la aplicación. Divisé un corazón que decía «Parejas» o algo así. Me pedía como requisitos responder preguntas a las cuales obvié, todas excepto el nombre de pila, foto y la edad. Más rápido que urgente, comenzaron a llegar invitaciones en unas ventanitas que reaparecían a la derecha de la pantalla, diciendo que hicimos match.

Entonces, comencé a abrir los candidatos para leerles las intenciones, desde cuarenta hasta ochenta. ¿Qué hacía un señor de ochenta? Mejor que vaya a dormir la siesta. Me corregí a mí misma por ser tan prejuiciosa. Lo primero que descubrí fue que los señores mayores, en sus fotos de perfil, elegían mostrarse con camisas de color rojo, amarillo, negro o floreadas. Debían pensar que los hacía sexy… Cada uno con sus gustos. Eso no impidió que me riera desde que abrí la página.

Seguí pensando que se me pasaba el tiempo y tenía veinte de divorciada. Volví a leer «hiciste match» con Gastón, de cuarenta años. Podía ser mi hijo. Que panzada se haría Freud con todos estos personajes. Estaba entrando en otro mundo. Dicen que el hombre está en constante evolución, pero esto no lo comprendía, sería por la pandemia. Envié un mensaje a mi amiga y le pregunté desde cuándo existían estas cosas de las parejas. Me respondió que desde hacía años. Bueno… sigo pasando las páginas de los candidatos u ofrecidos, no sabría cómo llamarlos. Charlé con un jubilado de una municipalidad que me contó que solía barrer calles y levantar basura. Bastante bien se expresaba para no tener estudios. En fin, seguí mirando perfiles. Todos colocaban sus intenciones. Yo lo llamaría «personas solas». No puedo negar lo gracioso de los perfiles, se me iba yendo el domingo.

Comencé a mirar con atención los rostros, desde jóvenes de cuarenta en búsqueda de mujeres que podrían ser sus madres.

Seguí mirando, sesenta, sesenta y cinco, setenta, ochenta, parecía que se tenían confianza. Me reí, pasé de nuevo el índice por la pantalla y lo vi. Parecía un pollito mojado, aunque se notaba el esfuerzo que hacía por sonreír en la foto. Miré el perfil, se llamaba Pedro. Aparecía un cartel que me decía que él me hacía match. Me pregunté qué sería eso. Debajo de la fotografía había una gran X y a su lado un corazón. Si tocabas la X, mandabas al candidato al tachito; y si tocabas el corazón, es que hacías el famoso match. Esa era la explicación. Subí a ver el perfil y decía que buscaba pareja para compartir, y estable. «A ver, Pedro, hasta dónde llegas», me dije.

«Hola», escribí.

«Hola», del otro lado de la pantalla llegó rápido la respuesta.

Comenzamos a charlar hasta que me pidió el número de WhatsApp, porque, según él, era más rápido. Luego me di cuenta de que, por la página, no podíamos vernos, y los audios eran muy malos. La charla fue amena, me contó de su hobby: hacía cuchillos artesanales; me pasó fotos y describió característica de cada uno de ellos. ¡Una belleza total! Se hizo tarde y quedamos para la noche siguiente. Se expresaba bien, dijo que era electricista con poco trabajo. Las personas que están mucho tiempo solas están siempre a la defensiva, negativos, nada está bien, o al menos este pollito. Seguimos con nuestros encuentros, cita obligada veintidós horas, pero eran no más de quince minutos. Le envié durante el día una foto de un cuchillo que me gustó: me llamó pesada, tóxica, que no podía molestarlo durante el día. Me enojé ante una reacción tan furiosa, si sólo era una estúpida foto de un cuchillo. Decidí darle o darme otra oportunidad: me conecté a las veintidós horas, me dijo que yo no iba a gustarle porque mi estatura es un metro sesenta y uno. Pensé que era bajito. Con toda la curiosidad de mujer, tomé un centímetro de modista y medí hasta metro sesenta y uno. Cosas que nosotras hacemos, al menos yo; con razón la poca autoestima que había demostrado. A esa altura ya me gustaba su voz, la manera en que me miraba y sus labios. Esa noche me preguntó qué tenía puesto, le dije que ya estaba vestida para dormir. Me hizo una videollamada y yo me tapé. Me pidió que por favor me destapara, que me abriera el escote. Yo estaba idiotizada, hacía lo que me pedía. Me pidió ver la marca de la malla para comparar mi bronceado. Las mejillas se me incendiaron. Quiso ver mis senos y comenzó a hacerme el amor virtualmente: todo lo decía con detalles que parecían reales. Pasó sus dedos por mis pezones, luego describió el beso más apasionado, bajó con su lengua lentamente hasta mi ombligo, siguió bajando y fue ahí cuando reaccioné.

Consideré que era momento de conocernos. Al día siguiente, yo tenía que ir muy cerca de donde decía que vivía, así que le dije que tomáramos un café. O nada, simplemente sentarnos bajo un árbol para conocernos, ya que él insistía en que no tenía dinero. No respondió y lo consideré como un sí. Y así hice, a esa hora me senté en el bar y pedí un licuado de agua y ananá. Miraba el celular, le enviaba mensajes y no respondía a pesar de leerlos. Le había indicado el lugar, esperé hasta las veinte y me dije: «Paula, estás loca, ándate». Llamé a la jovencita que me había atendido, le di la tarjeta y el documento mientras hacían la operación. Miré a los costados y lo vi; con otra mujer, riendo, tomados de la mano. Entonces, comencé a buscar desesperada las llaves del auto. Se me cayó la cartera. La jovencita que me traía la tarjeta y el documento que había olvidado me ayudó a que juntara las cosas más rápido. En el preciso momento que recogía mis cosas, me vio. Fue como si no existiera.

¿Quién era la mujer? Una cita tal vez, su esposa, su novia, me di cuenta de que quizás ni siquiera se llamaba Pedro. Caminé directo al auto. «No puedo creer que me pase esto», pensé. Abrí la cartera, seguía sin encontrar las llaves. La vista nublada por lágrimas no me dejaba verlas hasta que al fin las divisé, entré al auto y lloré por mi estupidez, por haber sido engañada con tanta facilidad, por este ser horrible y malvado. Quizás sólo un psicópata. A esto le llaman evolución, si sólo parecía una cápsula donde seres hambrientos de compañía generaban los peores de los sentimientos y acciones. Evolución de la tecnología empleada por personas con redes que tratan de atrapar a otro ser deseoso también de compañía, pero sin conocer esa jungla. Donde la mentira y el ocultar la identidad era lo mejor que hacían. Inframundo de zombis, tienen el alma muerta y la putrefacción de sus actos no se alteran, porque no tienen valores. Yo los tengo, debo superar esto, que sólo sea un mal sueño y me quede de aprendizaje que no hay nada mejor que una mano verdadera que se extienda a saludarte.

El baúl de los recuerdos

Julieta de Lourdes Romero

La puerta de su nueva casa permanece abierta; el hombre ha ido de compras, como le llama entre sonrisas a la práctica con la que quiere hacer habitable el espacio donde vive. Ha traído algunas cosas que le urgen para vestir las habitaciones desnudas de la diminuta vivienda.

Con esfuerzo, saca del pickup Toyota Hilux heredado de su padre una mesa cuadrada de comedor con tres patas que a duras penas se mantiene en pie. Tiene pensado sostenerla contra la pared, añadiendo debajo unos bloques grises y terracota que rescató del siniestro. Las dos sillas que abatirá frente a la mesada son de hierro, oxidado y endeble, pero podrán sostener su peso, aunque sabe que deberá ser cuidadoso para evitar un accidente. La cama sencilla es un somier de metal que ya desparramó sus mejores días; en el camino perdió las patas traseras, por lo que el hombre descansará inclinado; con las piernas en alto para mantener en buen nivel la presión arterial, o con la cabeza arriba para bombearse sangre y evitar mareos, todo dependerá del día. Como mesita de noche consiguió un tronco de madera podrida por el agua que cortará con la sierra de su hermano y así evitar que se tambalee. Sobre ella, un libro: *Pedro Páramo*, y un reloj de plata sin minutero. Por lamparita de noche, un foco de luz amarilla colgado del techo con el cable y el interruptor. Intentó unir la base con la pantalla, pero en el proceso se quedó con la tela convertida en hilachas entre las manos. De mesa ratona tiene un baúl maltrecho y apolillado cubierto por un vidrio roto en un borde. A pesar de todo, es su pieza favorita. La extrajo de casa de sus padres después del incendio donde perdieron lo que tanto les costó juntar durante cuarenta años de matrimonio.

El mueble, presente por generaciones, carga en su interior muchos recuerdos; momentos que las llamas que dañaron la piel del lado izquierdo de su cuerpo no pudieron consumir. Además de manteles de hilo chamuscados, mantillas y abanicos traídos de España, las más hermosas joyas de las abuelas, los gemelos del bisabuelo paterno, fotos de las grandes conmemoraciones familiares, certificados, exámenes y boletines escolares. En una esquina del otrora portento de madera labrada, dos urnas de mármol de Carrara con un puñado de cenizas que recogió del sitio donde solía estar la habitación de sus padres.

Mi reina y mi princesa

Julieta de Lourdes Romero

Cómo apaciguar su pena. Cómo hacerla salir de esa espiral de dolor en donde ha escurrido su cuerpo sin dejar espacio para la agonía lenta que me está destrozando. Cuando le digo que la amo, que es la razón de mi vida, sus ojos no parpadean. O quizás sí, pero en lugar de abrazarme, de reciprocar mi cariño con una mirada cómplice, se cierra más y calla. Siempre calla. Este maldito silencio me está volviendo loco.

Cuando nos conocimos supimos que el cielo, Dios o lo que sea que rija nuestros destinos había movido las piezas, buscado el momento preciso para encontrarnos, para descubrir y entender que su alma y la mía no podrían sentir amor más inmenso. Y así fue durante cinco años.

Al enterarnos que el milagro de la vida comenzaba a crecer en su vientre, fue como tocar las nubes, caminar sobre ellas. ¡Esperábamos una niña! Nuestra pequeña Luna.

Nos abocamos juntos a la tarea de decorar su cuarto: con verde y rosa claro, sus colores favoritos. La cunita, de caoba, la hice yo con mis manos. La pinté de blanco, como el cambiador y el ropero. La mecedora, comprada en rebajas, la remodelé, quedó hermosa, el juego perfecto con el resto de los muebles de la pieza de Luna. Ella escogió las sábanas, los protectores de cuna, el móvil, las lamparitas, sus primeros juguetitos, los almohadones; los adornos miniatura que colgamos en las paredes. Dejó para el final el árbol de vida de nuestra esperada bebé. Dibujó en la pared del fondo uno frondoso, con los espacios blancos donde colocaríamos sus fotos.

Durante esas noches de espera, se sentaba en la mecedora, yo acurrucado a sus pies, desgranando beso a beso ilusiones del futuro. Extasiados con el roce de nuestros cuerpos, comentábamos sonrientes cuánto nos cambiaría la vida con nuestra pequeña Luna. «¡Soy el hombre más dichoso!», le murmuré al oído. Después de acariciar su cuello y colmarla con mis dedos, le repetí muy bajo: «Pronto tendré a mi princesa, mi reina ya está conmigo».

El sábado antes del mediodía, comenzaron los dolores. Tomé la maleta rosada que descansó seis semanas en el cuarto de la nena. La acomodé con cuidado en el asiento delantero del Fiat 131 Mirafiori recién comprado, adquirido a buen precio, con poco kilometraje. Con las manos temblorosas y las gargantas resecas, arribamos al hospital. Estábamos asustados, sudorosos de tanta ansiedad. Llegó el gran día. «En pocas horas tendremos a Luna descansando en nuestros brazos», le dije con la voz rota, y mi reina sonrió.

Cuando Luna intentó abrir sus ojitos, sentí que el corazón me estallaba. Nunca imaginé sobre mi pecho una cosa tan perfecta. Era la criaturita más preciosa del universo. Su pelito era amarillo, casi blanco. Tanto como su piel. Sus pies, sus manitas, los dedos largos aferrados a mamá desde el primer momento. «¡Somos una familia!», grité, y mi reina y mi princesa se estremecieron de dicha. Ni en sueños, ni en los más bellos versos cabía semejante felicidad.

El lunes, muy de mañana, volvimos a nuestro hogar. Me esperaban como estrellas brillantes a la salida del hospital, aguardaban calladitas por el hombre más feliz. Yo iría por primera vez en el auto con mis dos grandes amores; con mi reina y mi princesa. Me detuve frente a ellas, y por unos instantes sólo las contemplé. Quería disfrutar en silencio de lo que la vida me había regalado. Las ayudé a subir despacio, colocando a mi Lunita en el regazo de su madre. Mi reina dentro de un amplio traje rosado. Luna cubierta con el vestidito hilo pureza, heredado de mi reina, enchumbada en una mantita de lana rosa repleta de lunares blancos. Las miré y no tuve prisa. Todo nos sonreía. Me mantuve silencioso, quería saborear el momento. La de un lacayo como yo, con su reina y su princesa.

Recorrí lento el trayecto que nos separaba de casa. De nuestro hogar completo. No encendí el equipo de sonido para escuchar la música de siempre. ¿Para qué? Lo que más anhelaba era oír los ligeros quejidos de mi pequeña princesa, y la voz dulce de mi reina al arrullarla a mi lado. Era una sinfonía celestial para los oídos de papá.

Puse el pie en el acelerador y comencé a subir la cuesta que nos acercaba a casa. Absorto, no podía alejar de ellas la mirada humedecida. De repente, una luz se encendió en el tablero del coche. Le siguió el crujir de hierros, el carraspeo grotesco de un neumático, o tal vez del motor. «¿Llevaste el auto al taller?», me cuestionó mi mujer. Pero antes de contestarle, había perdido el control. Vi a un niño montado sobre una bici negra bajando a toda velocidad, giré como pude hacia mi derecha para esquivar el impacto que hubiera sido mortal. Después de derrapar en la calle, me detuvo el viejo puente de roca, el de mitad de la loma, ese que todos visitan como una atracción medieval. «¿Dónde está Luna?», bramé muerto de miedo y espanto. ¡No estaba dentro del auto! La logré ver a lo lejos. Envuelta en su mantita rosa llena de lunares rojos; yacía a más de ocho metros sobre el pavimento caliente.

Mi reina no dice nada. Me mira con rencor y calla. Este maldito silencio me está volviendo loco. Quiero decirle que la amo, que nunca amé tanto en mi vida. Que gracias a ella supe, al menos durante cinco años, que la vida es hermosa y que el amor es eterno aunque la luna siempre se oculte al llegar la mañana.

Las langostas

Julieta de Lourdes Romero

A principios de 1968, papá estaba desempleado. Un buen amigo le ofreció entrar en el negocio de las langostas mientras encontraba algo formal para mantener a su familia. Se le notaba preocupado, afligido, pero al menos contábamos con el sueldo de mamá.

Si bien no nos faltaba comida ni techo, y las sonrisas seguían revoloteando dentro de casa —al menos entre las dos más pequeñas— era evidente que algo andaba mal. Deseaba que papá volviera a ser el de antes, que abrazara a mamá y le susurrara al oído esos piropos bobos que a ella tanto le gustaban.

Ese mediodía, mi hermana mayor y yo fuimos con mi padre a San Carlos, a hora y cuarto de la ciudad. Él compró lo que pudo con el dinero que llevaba. Le dijo a su amigo: «Juan, si pudiera te compraría al menos el doble de las langostas, para que el viaje hasta acá sea más rentable... No puedo. Si me resulta, repetimos con más mercancía y mayor volumen. ¿Estás de acuerdo?».

Por entonces, yo sólo acudía al maternal tres días a la semana —«para que la niña tenga contacto con otros niños de su edad», decía mamá— pero mis padres debían hacer frente a la colegiatura completa de mi hermana Lili, que cursaba segundo grado, y las de mis otros dos hermanos mayores. Eran tiempos difíciles.

Durante el viaje, Lili y yo íbamos aterradas ante la idea de que alguna de las langostas que mi papá transportaba hacia la ciudad en el maletero de su camioneta Nissan decidiera trepar el asiento posterior y nos cayera encima. Con cuatro años y pico, era más valiente que mi hermana de siete, o al menos eso opinaba mi madre, que siempre vio en mí un aura mágica; tal vez porque me encantaba ver los trucos de magia de papá, maniobras que no engañaban ni al vecinito de enfrente. Lo cierto es que a ella le encantaba llamarme «mi brujita hermosa», lo hacía seguido, mientras me acariciaba las mejillas, mirándome con sus ojitos verdes.

Al principio del viaje, papá iba en silencio, sin apenas reparar en nosotras. Pasada media hora, nos animó a cantar temas infantiles para que olvidáramos la carga que iba detrás y así enfocarnos en el paisaje, campestre y colorido. No tuvo mucho éxito mientras nos hizo canturrear:

> *«Un elefante se balanceaba*
> *sobre la tela de una araña,*
> *cómo veía que resistía*
> *fue a llamar a otro elefante...»*

Con cada frase volteábamos insistentes para mirar las langostas que, montadas unas encima de otras, enganchaban sus largas tenazas en lo que fuera con tal de permanecer arriba, según creía yo, para no morir asfixiadas en el fondo.

—Papi, ¿pod qué están vivas? ¡Se mueven mucho! Ellas no están fedices. Padece que quieden estar en casa con sus papás.

—Las langostas se venden vivas, mi amor. El que las compra las mete en agua hirviendo para después prepararlas. ¡Son deliciosas! Nos quedaremos con dos para que tu mamá haga una receta rica y las pruebes.

—¡Guácala! No, yo no quiedo comedme esos bichos rojos, feos y tepadores. Po favor, papi, no me obligues a comeme esas lengostas —dije llorosa.

—Langostas, hija, langostas. Tranquila. No te voy a forzar. Pero cuando veas lo que va a cocinar tu mami, querrás probarlas. Vamos, dejen el miedo y canten.

> *«Dos elefantes se balanceaban*
> *sobre la tela de una araña,*
> *cómo veía que resistía*
> *fueron a llamar a otro elefante...»*

Por mucho que dijera papá, no me imaginaba comiendo esos animales que habían viajado conmigo desde tan lejos. ¡Y vivos! Mi hermana y yo preferimos seguir cantando.

> *«Tres elefantes se balanceaban*
> *sobre la tela de una araña,*
> *cómo veía que resistía*
> *fueron a llamar a otro elefante...»*

—Papi, Lili está llodando...
—Niñas, las langostas no se van a cruzar a su asiento. Dejen de llorar. En un rato llegamos a la ciudad. ¡Sigan cantando!

> *«Cuatro elefantes se balanceaban*
> *sobre la tela de una araña,*
> *cómo veía que resistía*
> *fueron a llamar a otro elefante...»*

—Papito, ¿cuántas lengostas compastes?
—Dos docenas —dijo papá.
—¿Cuánto son dos docenas, papi?
—Veinticuatro langostas —respondió mi padre con ternura, sin dejar de mirar la carretera llena de baches.
—¿Eso es mucho o es poco, papi?
—Son pocas, tesoro.
—Lili, ¿tú sabes contar lengostas? Yo sólo sé contar palitos, como en la escuelita.
—Yo sé contar, pero no langostas que se mueven. Lucía, sigamos con los elefantes —balbuceó mi hermana para olvidar el

---

pavor.

> *«Cinco elefantes se balanceaban*
> *sobre la tela de una araña,*
> *cómo ve... que resistía*
> *fueron a llamar a otro elefante...»*

—Lili, yo te ayudo a contadlas. Ven, no llodes más. Mida, ¡son muchas!

—Una, dos, tres, cuatro, cinco, seis, siete, ocho, nueve, diez, once, doce... Papi, yo creo que aquí hay demasiadas langostas. No las puedo ni contar —dijo Lili, temblando de pánico.

—Niñas, son veinticuatro. Quédense quietas y bien sentadas en sus puestos. Si freno de golpe se pueden lastimar. A ver, ¿cuántos elefantes han cantado ya?

> *«Seis elefantes se balanceaban*
> *sooobre la tela de una araña,*
> *cóóóómo... que resistía*
> *fueron aaaa otro elefante...»*

El rostro de papá lucía sereno, pero su mirada y su boca seguían tristes. Quería ayudarlo, verlo sonreír otra vez. Cerré los ojos y dije mis palabras mágicas, las que él mismo me enseñó cuando deseaba algo con vehemencia.

Me concentré y recordé el «¡Abacadaba!, que el baúl se llene de lengostas gandotas». En silencio lo pronuncié tres veces, y volvimos a cantar, aunque cada vez más atemorizadas, sin dejar de observar de reojo los crustáceos que nos acompañaban.

> *«Sieeee elefantes seeeee*
> *sobre la tela deeee... araña,*
> *cómo veía queeee*
> *fueeeeron aaaa otro elefante...»*

—Vamo, vamo —repetí para mí sola de nuevo—. Que sean tantas lengostas que no podamos contadlas. ¡Pero que no se vengan pa' ca!

Permanecimos sentadas unos instantes porque la curiosidad y el miedo, a pesar de mis palabras mágicas, nos superaban. Al volver a levantarme para observar el maletero, era evidente que el gigantesco baúl tenía mucho más que veinticuatro langostas enormes. Entonces reflexioné: «Creo que mi papá no sabe contad. O tad vez el señod no le dijo la vedad».

—Papi, ¡estas lengostas quecen!

—Hijas, dejen de mirar las langostas.

—Papito, ¿será que hay lengostas mamás que están teniendo lengostitas?

—Hijita, eso no es posible —sonrió por primera vez con ganas desde su asiento de conductor, y nos animó a seguir con el cantito.

«O... ele fante seeee balan
sobreeeee... de una araña,
cómo veía queeee resistía
fueron a llamar a otro eleeee...»

—Weee, Lili. ¡Mida cuántas lengostas tenemos!

—Papi, Lucía tiene razón. ¡Estas langostas crecen! Se van a derramar encima de nosotras —lloriqueó fuerte mi hermana.

—Se sientan ya y me dejan manejar. No quiero escucharlas decir una palabra más hasta que estemos en casa —alzó la voz como nunca lo hacía—. Y la que no canta no come dulce de chocolate esta noche.

«Nueee eleeee se balan...
... la tela de unaaaa,
... veíaaaa y resistíaaaa
fueron aaaa otro elefante...»

Al llegar a casa, papá estacionó el auto en el garaje. Abrió el maletero y varias langostas enormes cayeron sobre el pavimento. Nos miró asombrado a los ojos durante unos minutos. De repente, sentí que mi falda se levantaba por el viento. Me alzó como una pluma y luego a Lili. Nos dio vueltas como trompo de chiquillo, sin control. Empezó a reír igual que un niño chiquito, y nosotras con él. Después del gran abrazo, papá nos bajó de las alturas. En un instante, quedamos los tres cantando mientras girábamos tomados de las manos, como Heidi y sus amigos:

«Diez elefantes se balanceaban
sobre la tela de una araña,
cómo veía que resistía
fueron a llamar a otro elefante...»

—Tus palabas mágicas funcionadon, papi. —Él no me escuchó, su voz llamando a gritos a mamá escondió mi confesión.

La ciudad de la furia

Graciela Rita Delbue Fariñas

Yo vivo en una ciudad donde la magia se mezcla con la historia, los inmigrantes con los nuevos visitantes. Buenos Aires, ciudad de parques ilustrados, de aristocracia, de arquitectura española a edificios de techo a la Mansarda. Buenos Aires, mi ciudad, entrelaza fantasmas de almas históricas y escalinatas de teatros de revistas.

El rumor inmigrante se deja ver en el retoño del Guernica, en las paellas del Club Español y los *petit fours* de la Alianza Francesa.

Buenos Aires, agradezco tu cobijo a los nuevos visitantes de habla amable y tierna, provenientes del Caribe.

Buenos Aires, yo te veo en cúpulas y bailes. Yo te quiero, Buenos Aires.

La bañera

Graciela Rita Delbue Fariñas

Sonia, colgada, como de costumbre, no encuentra las llaves en la cartera. Se pregunta: «¿Para qué ordené todo? Si después tampoco las encuentro, ¡es una pérdida de tiempo!».

Por fin las encuentra, abre la puerta y la recibe Chichilo, su perro. Lo abraza y para sacarse la mufa, le dice: «Me voy a dar un baño de inmersión, así me relajo».

Entra al baño, corre la cortina, se le cae el barral. «¡La puta madre! Lo que me faltaba», se dice, enojada y estresada. Y luego se repite: «¡Todo lo tengo que hacer yo! Le dije a Mario que viniera a arreglarlo, pero nada, hay que estarle atrás para que se ocupe… Ufff, me doy un baño y después veo».

Abre la canilla, así se va llenando la bañera. Sonia se desviste mientras canta y suena el teléfono. Es su amiga Gloria, desde México, charlan largo rato. Por supuesto, se olvida de la canilla y cuando vuelve al baño, se lo encuentra todo inundado y la bañera desbordada. «¿Qué haaaagooo? ¡No puede ser! No puedo ser tan apurada, ¿ahora por dónde empiezo? Mejor me zambullo en el agua y me relajo. Dale, dale, dejá de dar vueltas, aprovechá el agua antes de que te llegue al cuello. Pará, pará, no sabés por dónde empezar, cerrá la canilla».

Sonia piensa mientras se relaja: «¿Cómo hará la gente metódica para hacer siempre lo mismo sin aburrirse y sin enojarse? ¡Claro! No se enojan porque no se equivocan, hacen lo mismo repetidamente. ¡Pero yo no puedo!».

Sonia prefiere que le pasen cosas y exigirse para ser la primera de la fila y no la gorda de la que se burlan todos. Mete la cabeza debajo del agua con la cabeza hacia atrás y se peina como cuando nadaba de chica.

Compañía de inventos asombrosos

Graciela Rita Delbue Fariñas

Somos la fábrica de los atardeceres más románticos. Llevamos más de veinte años en el mercado, con inventos de los más diversos. Pensamos, armamos y desechamos ideas asombrosas hasta llegar a nuestro producto. En esta oportunidad, la llamada máquina de los atardeceres más románticos.

Es de color azul índigo, en su caparazón emite una luz naranja en composé con un violeta traslúcido que nos refleja y representa el sol naciente, sobre un horizonte fabricado con línea de broches de madera torneados que le dan sostén a nuestro amanecer y, a medida que sale el sol y se hace más presente, a través de un mecanismo de roldanas que van elevando la tintura de luz, se comienzan a ver unos bailarines, avatares, de inteligencia artificial, que bailan tango. A medida que dan sus pasos, la temperatura de sus cuerpos se eleva, se sonrojan, se miran y por sólo diez minutos, se transforman en humanos. Y ese hombre y esa mujer se fusionan en abrazos, besos intensos, caricias. Sus voces se transforman de suspiros a poesías y así se van desdibujando para entregar el amanecer al propietario de la máquina.

Este aire

Beatriz Gatica

Otra vez la habían convocado desde la Embajada de España para bailar, después de las repercusiones que había tenido su actuación en Granada. En esta oportunidad, lo haría con un grupo que viajaba al evento desde ese país. Aún no podía creer cómo su vida había dado ese giro inesperado, el que había revolucionado su línea del tiempo. Porque eso era, un periodo corto, entre los cincuenta años que tenía, que la había sorprendido cuando pensaba que nada, a su edad, podría hacerlo. Inés, ya vestida para salir a escena, espió a través del telón, y vio que todavía los concurrentes se estaban acomodando en sus asientos. No pudo evitar dar un suspiro nostálgico al darse cuenta de que el gitano no estaría entre ellos para verla.

Su cambio había empezado en ese mismo lugar, cuando llevó a sus alumnas. La coreografía preparada fue de Libertango de Piazzolla, con ritmo flamenco. Momentos antes de la actuación, como la bailadora principal se descompuso, Inés había tenido que suplantarla. Usó el vestido rojo de cola, le quedaba como un guante, como si tuviera treinta y cinco años, la edad en la que había dejado de actuar. Tuvo que luchar contra el recuerdo que le impedía hacerlo: la muerte de su amor y compañero de fandangos en el accidente de auto en el que iban los dos. Y los momentos que siguieron en que creyó perder el rumbo y la abulia la acaparó. Fue cuando decidió que no tenía sentido brillar por sí misma sin un compañero, que prefería ser invisible, anónima, y que no volvería a tener a alguien que la complementara. En realidad, bailaba para sí, a escondidas, y brillaba a través de sus jóvenes alumnas. Pero esa vez, su cuerpo mandaba y bailó ante el público, como un volcán, con la energía contenida de tantos años acumulados, que paró con un último acorde que fue tapado por una ovación. Después de ese baile, las preguntas que se hizo corrieron en tropel cuando la eligieron a ella para representar al país en el Festival de Otoño que se hacía en Granada. No le permitieron negarse y, al final, lo aceptó como una ofrenda de reconciliación a su pasado. Bailó en el Festival, fue premiada y recibió invitaciones para recorrer los tablaos.

En sus últimos meses, había vivido vertiginosos acontecimientos que removieron su destino. Como si tuvieran un efecto dominó, semejaban fichas alineadas una al lado de la otra, que iban derribándose consecutivamente para formar una figura en espiral que parecía no tener fin. Una cosa había llevado a otra sin que Inés se lo planteara. Y ahora, sólo pensaba en su rutina alterada de pensamientos y en una canción. Cada mañana, después de su vuelta de España, llegaba dos horas antes al Centro Andaluz donde daba clases. Necesitaba respirar el aire que le daba el patio interior donde la fuente de agua, que caía sobre las mayólicas con arabescos coloridos, le hacía recordar. Para eso se ponía la pollera de ensayo y los zapatos de flamenco, inspiraba hondo, abría los brazos como si fuera a volar y el estribillo de la canción invadía su cuerpo: «*¿Qué?, ¿cómo descubro cuánto me queda por ver? ¿Qué es lo que pasará cuando pase otro tren? Si paseando por la calle encontraré tu rostro. Entre otros cien, cien mil millones de miradas me secuestrarán. Cien mil millones de perfumes, pero tú, estando lejos, me regalas primaveras...*». En ese momento, dejaba que sus pies se movieran al ritmo, que con los clavos de los tacones y de la punta de los zapatos replicaban los latidos de su corazón en el piso de diseño romboidal. Su torso se ondulaba cadenciosamente junto a sus manos que se elevaban ingrávidas, acompañando sus sentimientos y memoria. Y volaba en su imaginación para encontrar la mirada del gitano, esa que la había traspasado, dejándole un hueco que sólo esa canción podía llenar. Al terminar, iba a prepararse un café antes de pasar otra mañana más, en la que enseñaba con la misma pasión de siempre, aunque su alma estuviera en otra parte, lejos, como si hubiera sido secuestrada.

No podía dejar de recordar el instante cuando, en Granada, en el Tablao Alboreá, escuchó por primera vez esa canción, que pensó que había sido escrita para ella: «*Vengo caminando, pago un precio razonable por los actos que me gasto. Quiero que el mañana me sorprenda, sin tener una respuesta, a preguntas que me hago...*». Su cuerpo se había movido solo, enajenado, transportado, hasta que las palmas la devolvieron al lugar. Nadie en la vida le había hecho sentir lo que ese día sintió. Al abrir los ojos, vio, al fondo, a un hombre que con el movimiento de los labios le decía «¡Olé!». Agitada como estaba, movió la cabeza, tratando de entender lo que le había ocurrido. Al volver la vista hacia él, este ya no estaba. El dueño del tablao se acercó y le entregó un ramito con jazmines y azahares que le había dejado ese hombre, un gitano de ojos oscuros y brillantes. Además, le propuso que volviera los días siguientes a repetir su baile y así lo hizo con la intención de volver a verlo, hasta que regresó a Argentina. En el momento en que la canción decía: «*Vengo, sin querer venir queriendo. Que mis sueños se produzcan. Cuando sigo imaginando. Quiero que se esfume la intuición. Y saltar a tus botones, sin dar explicación. Dime si me concedes este aire...*» Inés estiraba un brazo y con el movimiento de la mano invitaba al gitano a acercarse. Pero sólo le quedaba, al terminar, el ramito de flores que le dejaba y el ¡olé! de sus labios.

Volvió de sus pensamientos cuando el organizador del evento de la embajada le dijo que era su turno. Salió a bailar con la cabeza levantada y la pollera arremangada, zapateando contra el piso a la par de la percusión del tango. Atrás, otros pasos la siguieron, y una mano la tomó de la cintura mientras que con la otra le ponía tras la oreja un ramito de azahares y jazmines. Al darse vuelta, vio que su compañero de baile era el gitano que, moviendo los labios, le decía «¡Olé!».

Por qué no será

Beatriz Gatica

Cuando Marisa decidió su autoexilio, fue Eli, su madrina, quien la asiló en su casa. Marisa había decidido abandonarlo todo: un trabajo que no la motivaba; el novio, al que quería, pero ya no le movía mariposas en el estómago; a los amigos, que la apreciaban porque siempre estaba para ellos, complaciéndolos; y hasta su departamento, que había armado a su gusto y, sin razón, sentía, ahora, la ahogaba.

Una noche de insomnio en el que revolvía el cajón de su mesa de luz, buscando pastillas para dormir con la intención de no despertarse al otro día, se topó con la medalla de oro que su madrina le regaló cuando decidió mudarse a la gran ciudad. Con sus dedos temblorosos recorrió el grabado que su madrina había mandado a hacer con la inscripción de las iniciales con los nombres de ambas enlazadas como en un abrazo eterno y en el dorso, cinco letras: PQNSS. Recordó sus palabras cuando le entregó la medalla: «Cuando quieras jugar al PQNSS, sólo tenés que llamarme».

PQNSS era el acrónimo de «Por Qué No Sé Será», un juego con el que se entretenían horas, en que una empezaba con una pregunta y la otra contestaba, en el que podían continuar infinitamente hasta cansarse.

—¿Por qué la luna es blanca?

—No sé, será porque come algodón…

—¿Por qué come algodón si puede comer estrellas?

—No sé, será porque si comiera estrellas no podría dormir por la indigestión de luz.

—¿Por qué tiene luz, entonces?

—No sé, será que el sol, en un eclipse, le regaló unos rayos para que no lo olvidara.

—¿Por qué la luna lo olvidaría?

—No sé, será porque la luna gira alrededor del planeta enamorada del color del mar...

Esa misma madrugada aciaga, Marisa llamó a Eli, rogando que la atendiera, mientras apretaba la medalla en su mano. Cuando escuchó su voz, entre adormilada y preocupada, sin preámbulos le preguntó:

—¿Por qué la vida me aburre?

—No sé, será porque te enfermaste de rutina —contestó su madrina.

—¿Por qué …? —A Marisa no se le ocurrió cómo seguir el juego. Su apatía la envolvía como en una nube densa hasta en sus pensamientos.

—No sé, será que la rutina te dejó sin emociones, y sin emociones no hay movimiento, y sin movimiento la vida pasa insípidamente rápida —contestó Eli, aunque Marisa no hubiera completado la pregunta.

Esa misma noche, Eli le pidió que fuera a instalarse un tiempo en su finca. Marisa, al otro día, viajó en su auto, y al entrar por el sendero enmarcado de pinos y eucaliptos, sonrió emocionada como hacía mucho no lograba. Eli la recibió con un cálido abrazo en el que ella, de haber podido, se hubiera quedado pegada como el dulce de leche a un alfajor. Al entrar a la sala, luego de atravesar las galerías externas cubiertas con macetones de flores coloridas, el olor del pan tostado y del café que salía de la cocina le hizo cosquillas en la nariz y en su estómago. Su madrina la acompañó a la habitación para que dejara sus pertenencias, antes de sentarse a hablar de la vida. Allí, el tiempo parecía tener otro tiempo.

De esa primera conversación surgieron tres reglas: Marisa sería la aprendiz en el emprendimiento de Eli; tendría que escribir en un cuaderno lo mejor y lo peor del día, de ese resumen saldría la pregunta para empezar el PQNSS, juego al que jugarían los sábados a la noche antes de acostarse; y volvería a tocar la guitarra y cantar, algo que había abandonado de joven cuando su vocación hacia la música fue aniquilada por una crítica malintencionada.

Ni en el más remoto pensamiento se le hubiera ocurrido a Marisa que su profesión de maestra jardinera la iba a practicar allí, de una manera distinta. Había sido excelente en su trabajo con los niños, porque tenía la libertad de jugar y sorprenderse con ellos, pero odiaba las burocráticas planificaciones absurdas, como también las reuniones insufribles con las autoridades y los padres, con los que debía actuar de una manera políticamente correcta. Eso la había dejado agobiada y sin fuerzas para disfrutar su trabajo; había caído en la monotonía decadente de los mediocres.

Allí, ella se puso a trabajar con Eli en su plantación de aromáticas. Tenía hectáreas plantadas de lavanda y de salvia, que el viento mecía simulando ondas azules de un mar calmo luego de una tormenta. Fue enorme su sorpresa cuando al acercarse la primera vez, vio innumerables colibríes que revoloteaban alrededor de Eli, festejando su presencia, como si fuera una flor llena de néctar. En cambio, a Marisa, no se le acercaban ni quedándose quieta con ramos de lavanda. La ignoraban como si fuera invisible.

Ese primer fin de semana, Marisa empezó el juego.

—¿Por qué los colibríes me esquivan?

—No sé, será porque tu alma no se mueve con ellos que van incansables hacia atrás, a los costados y hacia adelante...

—¿Por qué mi alma no tiene movimiento?

—No sé, será porque te anclaste al pasado, sin moverte en el presente para construir tu futuro.

—¿Por qué el pasado pesa y te tira hacia abajo?

—No sé, será porque hay heridas que sanar… —Con esa respuesta, Eli terminó el juego de esa noche.

Marisa decidió que quería observar mejor el comportamiento de los colibríes y le pidió permiso a Eli para colgar un bebedero con azúcar, cerca de la ventana de su dormitorio, donde había un macetero con geranios, que son las flores preferidas de esas aves. En los atardeceres salía con su guitarra, se sentaba en la hamaca de jardín y los esperaba mientras cantaba, probando el ritmo que imaginaba más les gustaría. Sin embargo, pasaban días sin que se acercaran.

—¿Por qué ningún colibrí vino a visitarme? —preguntó Marisa a su madrina.

—No sé, será porque tu intención no es la correcta para atraerlos.

—¿Por qué la intención es importante, acaso no basta el agua dulce?

—No sé, será que lo importante para el colibrí no es lo mismo que para vos.

—¿Por qué…?

—No puedo seguir el juego si no completás la frase —le dijo Eli, riendo.

No quiso que la frustración le ganara, y tomó como una tarea delicada hacer todo lo posible para atraer a uno. Corrió el macetero con geranios para que quedara abajo del bebedero colgante. Tomó una cuchara de jardín para remover la tierra y acomodarla con sus manos. Sus dedos tocaron unas espinas. Hizo a un lado los pétalos de los geranios, y la vio. Una pequeña flor con tallo de rosa, pétalos como de tulipán amarrado, de un color veteado en ocre. Se erguía tímida, como pidiendo permiso, inhibida por su rareza. Marisa sacó su vocación de maestra jardinera para poner orden y les habló a los geranios como si fueran niños para que la ayudaran a cuidar a esa flor exótica. Agarró su guitarra y les interpretó una canción, la que más les gustaba a sus alumnos, para enseñar buenos modales. Movió el bebedero para rociar las flores y no pasó mucho tiempo en el que apareció un colibrí, y luego otros más, a beber el néctar de todas.

El juego, esta vez, empezó al revés.

—¿Por qué viniste? —le preguntó Eli a Marisa.

—No sé, será porque lo que le faltaba a mi vida era, tal vez, un colibrí y una flor…

Irse al fondo, me zambullo

Justa Rostom

Un espejo, el reflejo de un lugar amplio, tan espacioso que me ahoga; no me contiene. La amplitud desdibuja los límites.

¿Es esto el infinito?

¡Me asfixia! ¡Me oprime! ¡Me subyuga!, pero no me contiene.

¡Fracasé en mi búsqueda!

¡No! No puedo darme este permiso. Lo intentaré nuevamente, encontraré la forma. Probaré diseñando los límites, esbozaré un borroso contorno gris.

¡Ya está! ¡Lo logré! Es un círculo. Me contiene.

Bien, un escollo superado. Al caminar dentro de él, me siento contenida. Intento detenerme en el lugar del círculo en el que incide un tímido y brillante rayo de sol. Logro percibir la finitud.

Bravo. ¡Bravo! Objetivo logrado. Ahora sí puedo respirar. Ahora que respiro puedo focalizar mi atención en esa diminuta esfera. Transparente, brillante, suave y escurridiza, tanto que cuando logro estabilizarla en el borde de mi uña me siento satisfecha y en paz.

¡Valió! Me merezco esta cena abundante y minuciosamente elaborada por arrugadas, desformadas y amorosas manos de mi madre. Con qué paciencia y obsesivo cuidado fue cortando las finas fetas y desparramándolas simétricamente en esa fuente redonda; casi del tamaño de lo que me contuvo, frenando mi ahogo, y por ende, permitió saciar mi hambre y llenar el último vacío.

Ya no me importa el espacio. Estas nuevas sensaciones me toman con tanta intensidad que como si exprimieran mi cerebro comienza de repente a salir a borbotones de mi boca, en forma firme y muy claramente modulada este párrafo: «También se logró, producto de una lucha ininterrumpida que nos arrimó a que el socialismo tan anhelado se nos presentara como una realidad» SIC. Juan B Justo.

¿A mí me estás hablando?

¡Sí, Sí! Para mí el socialismo se corporiza como más me gusta y a la significación se la doy yo. ¡No pido opinión a nadie!

No me interesa que te perturbe tanto que no puedas bajar la voz. ¡Bajar la voz!, ¿me entiendes? No bajarte a vos. Aunque merezcas que lo haga para poner fin a tu violencia desatada.

¡Tranquilo! Tranquilo como agua de pozo.

Agua, agua repetía la canción de Los Piojos.

El mundo entero se esmera en no pensar, en ignorar, en no advertir ni dimensionar que cuando saque el último balde de ese pozo, inevitablemente hemos llegado al fin.

¿Logré convencerte de que no existe el infinito?

Quien le niega su existencia es la finitud del AGUA.

Escucho el tañer de las campanas que nos recuerda que estamos frente a un mal de la época: la finitud.

La isla donde desapareció la razón

Justa Rostom

Alegres, emocionados y satisfechos, cuatro amigos saltaban, danzaban, se abrazaban festejando el inminente arribo a la isla que divisaban borrosamente. En pocos minutos, cumplirían con el pacto que sellaron años atrás.

Cuando comenzaron a descender de la embarcación que los había trasladado, advirtieron que pese a estar en tierra, no percibían el contacto de sus pies con la misma. Era como si flotaran. No tenían ningún punto de apoyo, se desplazaban hacia el interior, pero no se explicaban cómo.

A medida que se internaban, la niebla se hacía más densa, tanto que dejaron de ver y oír. Todo era oscuridad, silencio y no se percibía ningún olor, tampoco la temperatura del ambiente. No soplaba el viento, ni siquiera una suave brisa, no advertían sus presencias, no podían comunicarse, no se escuchaban, no lo hacían pues no podían hablar, sólo uno, el más alto, emitía algunos sonidos guturales que fueron advertidos por un extraño animal que lo imitaba y que, con cautela, comenzó a acercarse. Juan, así se llamaba uno de ellos, tomó conciencia de manera inexplicable que sus amigos habían desaparecido y que su único contacto con la vida era ese animal que poco a poco le fue resultando simpático y se fue ganando su afecto. De pronto, se encontraron sentados muy cerca uno del otro, emitiendo esos extraños sonidos e imitando al animal que se les aproximaba cada vez más y comenzaba a acariciar afectuosamente la larga cabellera de Juan. A medida que pasaba el tiempo, el contacto entre ambos se hizo más estrecho y los sonidos que emitían se transformaron en una conversación comprensible entre ambos.

Así, las circunstancias permitieron que cumpliera con el pacto celebrado muchos años atrás con sus amigos, haciendo posible que subsistiera la única comunicación viable, que sólo disponía de la emoción, prescindía de la razón y de esa forma garantizaba la vida.

Como el ombú

María Cristina Ruffini

Aquí voy a quedarme.

En este verde quieto,

de pie ante el horizonte.

… Si soy como el ombú…

de múltiples raíces,

retorcidas y extrañas,

en medio de las mieses.

Mi obstinación

es toda una coraza

entre machistas antinomias.

Escuchando el silencio

y el canto de la alondra,

a pesar de los gritos de delirio y espanto.

Mis ramas son muy fuertes,

abiertas a lo ancho.

Puedo dar buena sombra.

Hago falta en la pampa.

Como el ombú...
Aquí nací
y de aquí no es posible sacarme.
No me abaten ciclones.
Los fuegos no me queman.
Puedo ser buen refugio.
Hago falta en la pampa.

Son tiempos de sequía.
Una grieta profunda
se abre en otras muchas.
Pero viví entre grietas...
Confiando en lluvias frescas
que finalmente llegan
a germinar la tierra.
Puedo esperar serena
bajo este sol de fuego.

Hago falta en la pampa.
Yo de aquí, no me muevo.

Enero, 1989

Mi hermano muerto

María Cristina Ruffini

«Alguien que debió haber nacido
ya no está».
Anne Sexton

Alguna vez,
antes de mí,
debió haber nacido.
Para mi madre
seguramente
era un diamante
en bruto.
Pero la golpeó
la vida.
Y después vine yo.
No era ni siquiera
una caricia
para su dolor tan inmenso.
Ella seguía sangrando

y es por eso

que no pudo mirarme.

Pobre mujer.

En duelo por su hijo, esta chica

no era suficiente

y no se pudo reparar

lo ya perdido.

Pobre mamá.

Mi hermano ha muerto.

Antes que yo viviera.

Pero su muerte sigue aquí.

Aunque él no esté.

Y tampoco mamá.

En la bañera

María Cristina Ruffini

Clorinda se dispone a bañarse. Tiene que salir a pasear con ese morocho que la vuelve loca, y quiere que su piel huela a la fragancia más seductora. Pero al meterse en la bañera y abrir las canillas, ve horrorizada y que el agua llega al tope. Ya no se pueden cerrar. Siente que el líquido le llega al cuello.

—Ay —gime—. Como siempre, soy tan torpe que no encuentro el tapón. No veo nada y, encima, gorda como estoy, voy a tardar un milenio en levantarme, si es que lo logro. Esta barriga inflamada no me deja ponerme de pie. Y mis piernas flacas y escuálidas no me permiten pararme. ¿Qué hago? ¡Inútil toda la vida para el agua, no sé nadar, y ya el agua se derrama por el piso y asciende cada vez más!

«¡Por qué no habré traído el celular? —se pregunta, y reflexiona—. Por hacerle caso a la yegua de mi vieja que dice que no hay que llevarlo al baño porque se humedece».

Clotilde grita para que la auxilien, pero todos en su casa están subyugados viendo *El amor después del amor*, con las canciones de Fito a todo volumen, y no escuchan sus pedidos de auxilio.

El agua sigue subiendo. Le cubre la nariz. No puede respirar. Se ahoga. «Ha llegado mi fin», piensa.

Pero de pronto, ante sus ojos atónitos, desnudito como Dios lo trajo al mundo, y con esas canitas que le quedan tan bien, ve a Richard Gere, quien extiende sus musculosos brazos hacia ella y, amorosa y suavemente, la levanta.

Ella lo abraza con fuerza y él responde a con pasión a su abrazo.

—Richard —le dice Clotilde—. Te he esperado cuarenta años… No es la muerte. Es la vida de *Mujer bonita* que, finalmente, comienza para mí.

En pandemia

María Cristina Ruffini

Esteban es un hombre retraído, de contextura robusta y alta estatura. Es solterón, único hijo. Hace ya varios años que trabaja en un crematorio cercano a su domicilio. Sus patrones están muy conformes con su rendimiento. En pandemia, su función es poner en el frízer los cadáveres, ocuparse de la cremación, y luego, entregar las cenizas a los deudos.

La madre es una anciana viuda, muy esbelta, que brilló en los escenarios del mundo por su admirable desempeño como bailarina clásica. Fue tan prestigiosa que, en Florencia, un teatro lleva su nombre.

Esteban piensa que la triunfante y glamorosa vida del pasado convirtió a su madre en una tirana que le arruina su vida y la de quien se le ponga cerca. Está harto de atenderla y de someterse a sus despóticos caprichos cotidianos. De su gloria pretérita sólo queda en su madre un narcisismo fatuo que la hace intolerable.

Todo lo que gana lo destina a pagar en la farmacia los remedios psiquiátricos que parecen no hacerle ningún efecto positivo. Ha contratado innumerables enfermeras para que la cuiden. Todas renuncian al finalizar el día, incapaces de soportar los malos tratos que caracterizan los vínculos de su madre con todo ser vivo que se le aproxime.

Acaba de tomarse quince días de licencia para poder cuidar de ella. No tienen otros familiares ni amigos a quienes acudir.

Esteban pensó mucho en todo esto durante la horrenda quincena de su licencia que, por fortuna, ya terminó.

En la funeraria sólo trabaja él, por las noches, y los dueños confían ciegamente en su experticia y honradez, por lo que jamás acuden a supervisar su trabajo. Están orgullosos de contar con un empleado tan diligente y solícito. Él, diariamente, transfiere a la cuenta de sus patrones el dinero recaudado en la jornada por su desagradable trabajo.

Así es que Esteban toma la decisión. No será difícil mentir. En tiempos pandémicos, no hay ni puede haber velorio, ni coronas, ni deudos presentes.

Esa noche, Esteban duerme a su madre con una sobredosis de tranquilizante y la lleva dormida a la funeraria en su desvencijado automóvil.

Al llegar, la coloca en una camilla y la acuesta en el lugar indicado. Cruza las manos sobre el vientre y se las ata con una gruesa soga. Le cose la boca con una aguja de lana e hilo de pescar. La mete en el horno. Y baja la palanca. «El fuego hará lo demás», piensa Esteban.

El puente

María Cristina Ruffini

Son las ocho. Viene apurada y ansiosa, pero se ve contenta.

Coqueta, con su inmaculado delantal blanco y su brillante portafolio de cuero, atraviesa el puente, sonriendo. Hasta que ve el dibujo en la pared del edificio. Su sonrisa desaparece.

Se nota que la imagen la golpea fuerte. Se mete en la escuela. Todos la miran en silencio. Yo también.

Con su rostro pálido y los ojos desorbitados, entra a la Dirección. Pasa la mañana como todos los días.

A las doce nos retiramos todos en fila. De pronto, la mano de ella me toca el hombro y escucho que me dice: «Vos no, por favor. Vos quédate». Me paro a su lado hasta que sale el último de la hilera. Quedamos los dos solos. Entonces, me aprieta los brazos con las dos manos, me arrincona contra la pared de un pasillo oscuro, y levanta la mano una y mil veces contra mí. Me golpea con furia la cabeza, los brazos, el tronco. Ve que corre sangre por sus manos.

Su guardapolvo está manchado de rojo. Veo en sus ojos el dibujo de la pared. Entonces, me empuja y yo salgo corriendo. Debo llegar a casa, más allá del puente, lo antes posible.

Cuento acumulativo El Petiso y la nieve

María Cristina Ruffini

Nieve que cubres al Petiso,
¿por qué sos tan mala?
Yo no soy mala:
malos los hombres
que mataron al Petiso.

Hombres que mataron al Petiso,
¿por qué son tan malos?
No somos malos.
Malo fue el Petiso
que asesinó niños inocentes
en todo lugar.

Petiso que asesinaste niños inocentes
en todo lugar,
¿por qué eras tan malo?
Yo no fui malo.
Mala fue la vida
que me hizo
asesinar niños inocentes
en todo lugar.

Vida mala
que hiciste al Petiso
asesinar niños inocentes
en todo lugar.
Yo no soy mala.
Mala es la neurobiología
que hizo al cerebro del Petiso
asesinar niños inocentes
en todo lugar.

Carta desde el fin del mundo

María Cristina Ruffini

Ushuaia, 5 de diciembre de 1950

Querido amigo:

Es muy bella esta isla. De exuberantes verdes, con sus grandes y silenciosas montañas, junto a la bahía. Hay glaciares, castores, aborígenes yámana, y tantas cosas que allá no conocemos.

¡Pero es tan extraño el crepúsculo en este lugar del fin del mundo! En invierno los días duran muy poco. Se hace noche enseguida. Y en verano, por el contrario, la luz se extiende y las noches son demasiado breves.

¡Cómo me gustaría estar con ustedes en Reggio Emilia, otra vez! Pero a mi padre se le ocurrió quedarse en este hielo y por eso aquí llegamos con mi madre y mis hermanos, volando en aviones. ¡Quién sabe cuánto sacrificio le costaron nuestros pasajes! Quería tenernos a todos con él. Mi madre sufre, y la comprendo muy bien, lo hace en el más sumiso silencio. Sus días inician a las seis. Nos despierta a todos y comenzamos con el ordeñe de las vacas de esta estancia, donde tomaron a mi padre como peón, cuando se terminó el contrato con la empresa.

Al finalizar la construcción del Barrio Militar, los seiscientos emilio-romagnolos se fueron: algunos de regreso a Italia, y otros al continente americano. Sólo él quiso permanecer aquí. Dice que en este lugar hay un gran futuro, y que seremos pioneros. Insiste con que esta isla es una mina de oro por las posibilidades que tiene.

No sé. A lo mejor tiene razón, pero nosotros vivimos hacinados en una casilla de madera que detesto. A las siete, ya se va mi padre con el carro lleno de latas de leche recién ordeñada, a repartir por todas las casas que dan al canal. Porque los ingleses dueños de la estancia le dan a él toda la ganancia con tal de que les ordeñemos todas las vacas.

Entonces, ¿qué vamos a hacer? Ordeña toda la familia y él se va contento.

Cuenta que ya ha ahorrado el dinero suficiente para construirnos una casa prefabricada más grande, también de troncos, pero con muchas estufas, porque aquí lo que sobra es la leña.

Hizo relaciones con las autoridades de la isla, que prometieron darle la dirección de la empresa de colectivos para trasladar a la gente de un extremo al otro de la bahía.

Como te había manifestado en correspondencia anterior, mediante changas, logré reunir casi todo el dinero necesario para regresar a Reggio Emilia, y dejar para siempre este apartado y frío lugar.

Pero aconteció algo que quizá haga cambiar el tan soñado proyecto. Todo comenzó hace dos domingos atrás, cuando, al salir de la iglesia, mis ojos se toparon con los de una jovencita, que llaman Victoria, con unos increíbles ojos azules, tan azules y profundos que con sólo mirarlos produce una electricidad que recorre todo el cuerpo.

Desde aquella mañana, sus ojos me persiguen y una pregunta no cesa de taladrar mi mente.

¿Me voy al encuentro de mis doradas tierras emilianas, llenas de sol, de calor, o me quedo y me zambullo en el profundo y misterioso mar azul que hace temblar mi existir?

Ya sé que no podés responderme. La respuesta tal vez pueda encontrarla buceando en los ojos de Victoria.

Con el afecto de siempre.

Doménico

Una noticia más

Ángela Beatriz Sanvelli

Miguel trastabilla, tropieza, intenta caminar, pero no puede. Su cuerpo cae. La vereda fría lo recibe. Allí queda, mientras su sangre tibia hace caminos nuevos, en los mosaicos de la vereda, buscando la calle. Como en una película, pasan vertiginosas por su mente imágenes muy queridas. Quiere aferrarse a ellas. Gritos, sirenas, bocinazos, todo va perdiendo sonoridad.

Ese es el final para algo que había empezado pocos meses atrás, una tarde de sábado cualquiera, donde sólo quería ver un partido de fútbol, sentado en su sillón favorito y en chinelas. Elvira, su mujer, tan amiga de shoppings y de vidrieras, le había insistido que la acompañara.

—Hace tanto que no salimos juntos.

—Bueno, vamos. Ya sé que todo te queda lindo —respondió él.

Y así anduvo por el paseo, mirando sin mirar las vidrieras, esperando por ella fuera de los negocios. Hasta que de pronto, se enamoró al instante de un mini Cooper bordó, de vidrios oscuros. Era el auto más hermoso que había conocido.

Se enbegueció con él y comenzaron las peleas domésticas.

«Prometiste unas buenas vacaciones en familia. Hace años que no salimos». «La casa necesita arreglos…», «Los chicos…», «El seguro…»

Todo era muy real, las quejas ciertas, pero su corazón se había prendado por ese auto. En él se vería más joven, conquistador, audaz. Como hacía tanto que no lo sentía. La rutina cubrió sutilmente los primeros sueños compartidos. La pasión, las ansias de vivir, se fueron desdibujando, cubiertas por horas frente a la tele, boletas de gas, cuotas de la escuela, precio de la carne.

Él necesitaba sentirse joven otra vez. Veía al auto como la salvación.

—El martes vendo el auto —dijo muy decidido—. Con ese dinero y los ahorros, hago una buena oferta.

Y contó con lujos de detalles cómo haría la transacción. Lo que no contó es que había vendido su alianza y el reloj heredado de su papá, juegos de herramientas que pidió prestado a los más conocidos y que hasta sacó un crédito.

Había ido varias veces a la agencia, no sólo para acordar el modo de adquirirlo y de terminar de pagarlo. Iba a verlo, embelesado, igual que un adolescente enamorado por primera vez. En su euforia, no cuidaba los mínimos detalles.

Salió esa mañana, bañado, perfumado, de traje, cual novio en busca de su amada. En otro lugar, agazapados, lo esperaban. Peleó, defendió ese dinero que haría realidad su sueño. Más todo se fue. Los balazos fueron muchos y certeros.

Miguel trastabilló, tropezó, intentó caminar, pero no pudo. Sólo quedó su cuerpo malherido, tirado en la vereda. La vida se va y con ella los sueños incumplidos.

Mañana se leerá en los periódicos «Otro crimen en una salidera bancaria. Se sospecha que hay entregadores». La sangre fría ya no busca caminos nuevos.

Un café muy oportuno

Ángela Beatriz Sanvelli

—¡La pucha que hace frío! —lo dice a viva voz mientras camina, va, vuelve. No sabe las veces que ha recorrido esta sala de espera en un hospital perdido en la Patagonia.

Apenas llegaron, pusieron a Laura, su mujer, en una camilla y… todos desaparecieron, prometiéndole llamarlo en el momento conveniente.

Él quiere presenciar el nacimiento.

Sólo a ella se le ocurre entrar en trabajo de parto un sábado a medianoche.

Está tan asustado que no sabe a quién culpar.

Vinieron a estos pagos persiguiendo sueños, con el lema «nos sacrificamos ahora que somos jóvenes, ya vendrán los hijos». Hace ya un tiempo que llegaron, estrenando sus títulos de veterinarios. La cosa no les fue tan fácil.

Laura terminó haciendo suplencias como preceptora en una escuela rural, él consiguió como ayudante en un laboratorio de inseminación artificial.

El embarazo, de verdad, aún no estaba programado, pero vino y se quedó.

Con algunas complicaciones, lejos de la familia, ahora se da cuenta de todo lo que su mujer se bancó.

Camina, camina por esta sala donde una enfermera se empeña en que hagas silencio y un cartel te avisa NO FUME. Se siente solo, asustado, desamparado. «¿Nadie piensa en el padre? lo piensa, se lo dice, pero no quiere que sus ojos delaten miedo.

De pronto, alguien le toca el hombro y dice unas palabras estupendas:

—¿Un cafecito? —mientras le ofrece un humeante jarrito con el elixir en una mano, con la otra lo abraza.

—Para mí ya es el tercero —le dice, sonriendo—. Vine preparado —y como justificándose le cuenta—: Buscábamos la chancleta, parece que esta vez se nos dio.

Valora el abrazo sincero de un desconocido, alguien capaz de darle lo que él más necesita en ese momento. Agradece a la enfermera, no a la del silencio, sino a la que lo ayuda a colocarse la bata blanca, él no encuentra las mangas.

Pasa temblando, acordándose de todo lo fuerte que debe ser, de la serenidad que debe ofrecer.

Toma las manos sudadas de su mujer y con la mejor expresión le dice: «Te amo».

La vida hace su trabajo, la mujer el suyo y pronto, una hermosa niña llora en los brazos de su madre, bañada por la ternura de un hombre asustado, pero feliz.

Del bóxer del lado, otro llanto dijo: ¡Presente!

El milagro de la vida repitiéndose una y otra vez.

Nunca le contó a Laura que, en ese momento pensó: «Si los niños traen un pan bajo el brazo, Josefina va a tener que traer una panadería».

ÍNDICE